中公文庫

新装版

奉行始末

闕所物奉行 裏帳合（六）

上田秀[illegible]

中央公論新社

目次

本書は中央公論新社より二〇一二年に刊行された作品の新装版です。

奉行始末

闕所物奉行　裏帳合㈥

江戸幕府主要職制図（一部省略）

- 将軍
  - 表
    - 大老（非常置）
    - 老中
      - 若年寄
      - 奏者番
      - 寺社奉行
      - 京都所司代
      - 大坂城代
      - 留守居
      - 高家
      - 大番頭
      - 町奉行
      - 勘定奉行
      - 勘定吟味役
      - 作事奉行
      - 普請奉行
      - 大目付
        - **闕所物奉行**
      - 京都町奉行
      - 大坂町奉行
      - 長崎奉行
      - 佐渡奉行
  - 奥
    - 側用人
    - 側衆
  - 大奥

闕所物奉行（けっしょものぶぎょう）

死罪や重追放などの刑に付加される闕所（財産没収）の手続き一切を取りしきる奉行。大目付の支配を受ける。

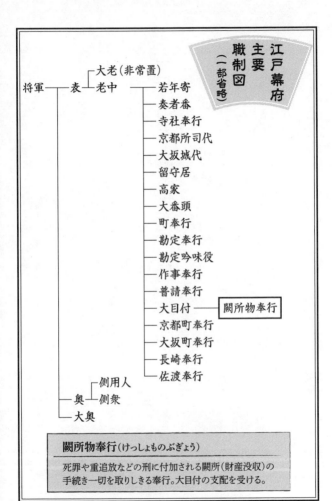

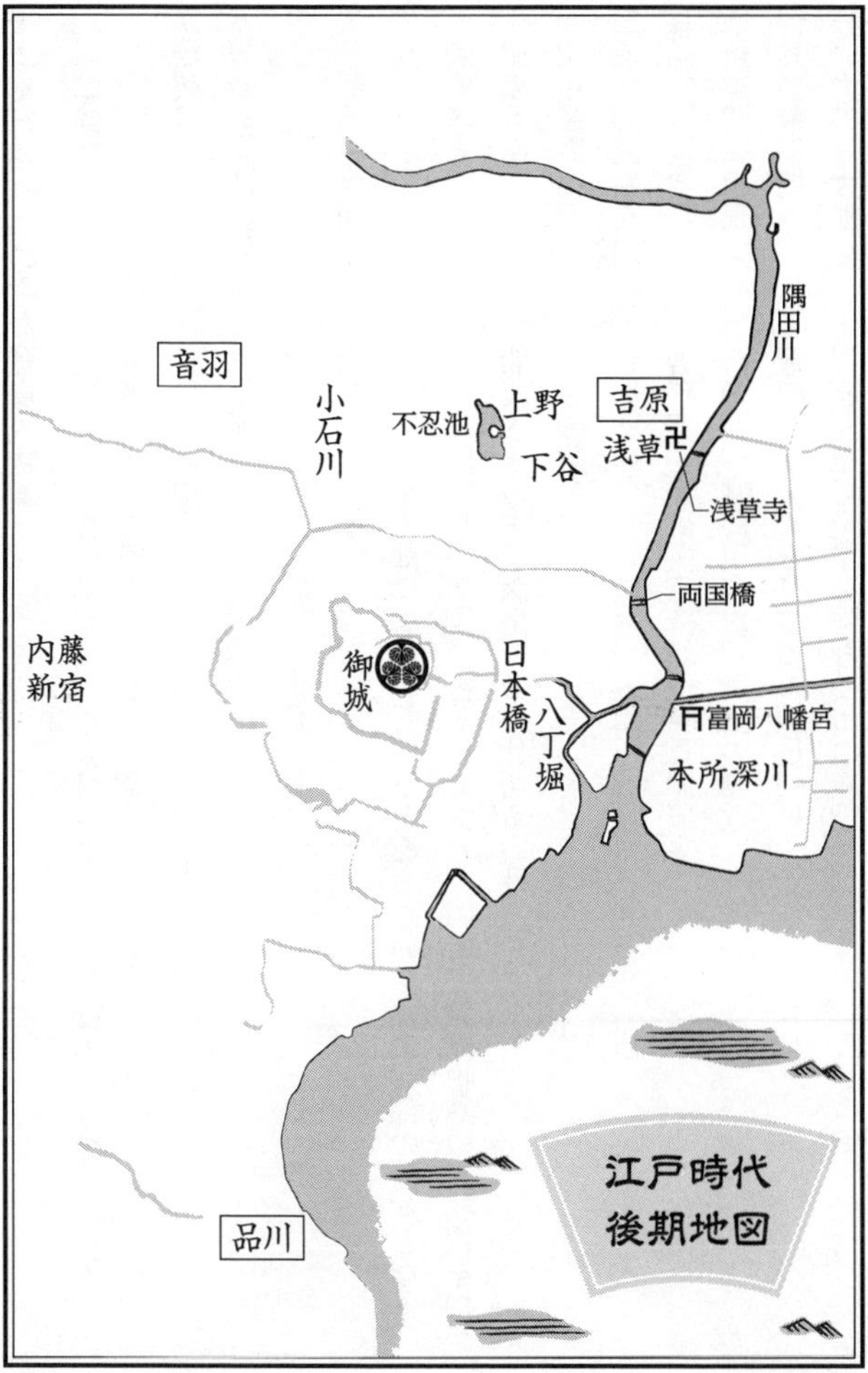
江戸時代
後期地図
音羽
小石川
不忍池
上野
下谷
吉原
浅草
浅草寺
隅田川
両国橋
内藤新宿
御城
日本橋
八丁堀
富岡八幡宮
本所深川
品川

▼『奉行始末』の主な登場人物▲

榊扇太郎《さかきせんたろう》　先祖代々の貧乏御家人。小人目付より鳥居耀蔵の引きで闕所物奉行に昇進。深川安宅町の屋敷にて業務をおこなう。

鳥居耀蔵《とりいようぞう》　目付。老中水野忠邦の側近で、洋学を嫌い、町奉行の座を狙う。

水野越前守忠邦《みずのえちぜんのかみただくに》　浜松藩主。老中で、勝手掛を兼ねる。

井上兵部《いのうえひょうぶ》　水野家江戸留守居役。朱鷺の養父。

矢部駿河守定謙《やべするがのかみさだのり》　南町奉行。

朱鷺《とき》　元遊女。扇太郎にふさわしい妻となるため、井上兵部の養女となる。

天満屋孝吉《てんまやこうきち》　浅草寺門前町の顔役。古着屋を営む。闕所で競売物品の入札権を持つ。

水屋藤兵衛《みずやとうべえ》　船宿水屋の主。深川一帯を仕切る顔役。

西田屋甚右衛門《にしだやじんえもん》　吉原の惣名主。

三浦屋四朗左衛門《みうらやしろうざえもん》　吉原一の名見世主。

林肥後守忠英《はやしひごのかみただふさ》　若年寄。大御所家斉側近。貝淵藩主。

水野美濃守忠篤《みずのみののかみただあつ》　西の丸御側御用取次。家斉の側近。

伊豆屋兼衛門《いずやかねえもん》　飛脚問屋を営む日本橋の顔役。

狂い犬の一太郎《いちたろう》　廻船問屋紀州屋を営む品川の顔役。

第一章　権の交代

一

天保十二年（一八四一）閏《うるう》一月七日、ついに家斉《いえなり》が死んだ。

「ようやくだな」

「はい」

訃報《ふほう》を聞いた家慶《いえよし》と水野越前守《みずのえちぜんのかみ》の二人が、うなずき合った。

「死したとはいえ、父の力は、幕府にしみこんでいる。十二分に用意いたし、一気呵成《いっきかせい》におこなわねば、手痛い反撃を受けかねぬ。焦るでないぞ」

「お任せくださいませ」

水野越前守が請け負った。

まず、正月十八日、天保七年以来北町奉行を務めていた大草安房守高好《おおくさあわのかみたかよし》の急逝を受けて、二カ月後の三月十一日、勘定奉行遠山《とおやま》左衛門尉《さえもんのじょう》景元《かげもと》がその跡を襲った。

続いて四月二十八日、二十年もの間南町奉行の座にあった筒井紀伊守政憲《まさのり》が五百石の加増を受けた後、西の丸留守居へと転じていった。大目付《おおめつけ》と留守居は、激務の最たる町奉行と違って旗本の上がり役である。大目付は旗本でありながら、大名を管轄できるし、留守居役は将軍が江戸城を離れているとき、城代として君臨できる。ともに旗本としてこれ以上ない名誉なのだが、大名の取り潰《つぶ》しが減り、将軍が外出しなくなった今、することなどほとんどない。あとは、隠居するまでのんびりと過ごせという、ねぎらいの意味を持つ栄転であった。空席となった南町奉行には、小普請組支配頭《こぶしんぐみしはいがしら》から矢部《やべ》左近将監《さこんのしょうげん》定謙《さだのり》が入った。

幸と不幸、それぞれの理由は違ったが、江戸町奉行がほぼ同時期に、南北共に替わった。

「矢部左近将監と遠山左衛門尉か」

下谷新鳥見町《したやしんとりみちょう》の屋敷で目付《めつけ》鳥居耀蔵《とりいようぞう》が、独りごちた。

「どちらを追い落とすか」

鳥居耀蔵が、目の前の書付《かきつけ》を手に取った。

目付部屋には、役目の異動に伴う身上調査として、矢部左近将監、遠山左衛門尉の履歴が提出されている。鳥居耀蔵は、それを密《ひそ》かに筆写して、屋敷へ持ち帰っていた。

「大草安房守が急死したのは、町奉行の激務に耐えかねたからである。そして筒井紀伊守は、栄転という名のまつりあげにあった。その原因は、数年来のご城下の不穏さよ」

書付を読みながら鳥居耀蔵が呟《つぶや》いた。

老中水野越前守忠邦《ただくに》は、逼迫《ひっぱく》した幕府の財政を好転させるため、厳しい倹約を政策として打ち出していた。それは庶民たちへもおよび、遊興、贅沢《ぜいたく》などが禁止された。押さえつけられれば、反発するのが人である。

庶民たちは、御上《おかみ》の力を怖れ、表だっての反抗はしないが、陰に回って、水野越前守の悪口を言ったり、見えぬように贅沢をしたりした。

庶民の不満は、治安の悪化に繋がる。そこへ、八代将軍吉宗《よしむね》の玄孫《やしゃご》と名乗る品川の一太郎《いちたろう》という顔役が、江戸の闇《やみ》を支配すべく、各種の騒動を仕掛けてきた。

城下のことは、町奉行所の管轄になる。盗賊や人殺しを取り締まるだけでなく、政《まつりごと》への不平不満への対処もしなければならない。また、火事の対応も町奉行の仕事である。他にも物価の統制も任なのだ。町奉行は、幕府のなかでも指折りの激務であった。

昨今の世情は、町奉行の評判を落とし、気に病んだ大草安房守は体調を崩して死亡、一人で責任を負わされる形となった筒井紀伊守は、栄転に見せかけた左遷となった。

「この二人に、ご城下を落ち着かせることができるかの」

鳥居耀蔵が笑った。

「ともに越前守さまの倹約令には、反対しているという」

矢部左近将監も遠山左衞門尉も勘定奉行を経験している。幕府に金のないことはよく知っていた。しかし、二人とも幕府財政と庶民の生活を締め付けることは別だと、考えている。

公然と水野越前守忠邦へ叛旗《はんき》を翻してはいないが、町奉行として市中の取り締まりに熱心とはいえなかった。

「南北両町奉行が面従腹背では、倹約令の実効は出ぬ」

幕府の出す令は、江戸だけでなくどの大名領も含めた全国へ布告される。これはかつて八代将軍徳川吉宗のおこなった享保《きょうほう》の改革に反目し、城下名古屋で殷賑《いんしん》を極めた尾張徳川藩主宗春《むねはる》が、隠居・謹慎を命じられたことからもわかる。

かといって、江戸から何百里と離れた薩摩《さつま》や盛岡などの情況を確認するのは、いかに老中といえども難しく、ときがかかる。

施政者というのは、じっくりと成果が出るのを待てない。すぐに効果を目にしないと納得しないのだ。

となると江戸での効果が評価のすべてとなる。その江戸を管轄する町奉行が協力しなければ、幕府の出す触れや令など絵に描《か》いた餅《もち》である。

事実、二十年から町奉行の座にあり、江戸の町のことなら路地の裏まで知り尽くしている筒井紀伊守が、転属させられたのは、治安の悪化の他に、水野越前守の倹約令の結果が目に見えなかったからであった。

「どちらも幕府百年の計を考えられぬ愚か者であるが……より馬鹿はどちらかだ。それを見極めて、追い落とすほうを決めればいい」

書付から鳥居耀蔵は目を離した。

「見極めには、あやつを遣《つか》えばすむ」

鳥居耀蔵が、冷たく目を光らせた。


「江戸十里四方追放を命じる」

南町奉行矢部駿河守《するがのかみ》が刑を命じた。

「ただちに引き立てよ」

奉行所の小者二人に両手を摑まれて、飯田屋《いいだや》三右衛門が引き立てられていった。刑罰は決まったとたんに執行された。飯田屋三右衛門は、品川、新宿、千住《せんじゅ》、板橋の四宿《ししゅく》のいずれかから、追放されることになる。

「お奉行」

側《そば》に付いていた吟味方与力《ぎんみかたよりき》が、声をかけた。

「金銭がらみの罪でございますれば、闕所《けっしょ》をなさねばなりませぬ」

闕所とは財産の没収をする刑罰である。単独で科されることはなく、付加刑として与えられた。罪の重さによって、没収される財産に差があり、磔《はりつけ》、火罪、獄門、死罪、遠島、重《じゅう》追放では、家屋敷、田畑、家財のいっさいが収公された。中《ちゅう》追放では、田畑、家屋敷、軽《けい》追放は田畑が闕所と決められていた。本来江戸十里四方追放や所払《ところばら》いに闕所は付加されないが、利欲にかかわる罪状の場合だけ、田畑、家屋敷が奪われた。

「そうであったか。では、そのように手配をいたせ」

吟味方与力の助言に、矢部駿河守が首肯した。

小普請組支配組頭から江戸町奉行へ転じたのを機に、矢部は官名を左近将監から駿河守へと替えていた。

「闕所物奉行《けっしょものぶぎょう》へ伝えまする」

同意をとった吟味方与力が下がった。

闕所物奉行榊扇太郎《さかきせんたろう》は、深川安宅町《あたけちょう》の屋敷で町奉行所からの通達を受け取った。

「承知つかまつった」

扇太郎は町奉行所の使いに頭を下げた。

闕所物奉行は百俵高、五人扶持《ぶち》、大目付の支配を受けた。城中に詰め所もなく、役宅も与えられず、任にある間は、自宅の一室を役所として供する。六人から八人の手代《てだい》を配下として闕所にかかわるいっさいをおこなった。定員は二名であるが、今は扇太郎一人となっていた。

奉行とは言いながら、闕所物奉行はお目見《めみ》えもかなわない御家人である。三千石高の町奉行とは格が違った。

「誰か、天満屋《てんまや》を呼んでくれ」

「はい」

手代の一人が、詰め所から駆けていった。

「闕所でございまするか」

もっとも年嵩《としかさ》な手代の大潟《おおがた》が、扇太郎へ問うた。

「ああ。江戸十里四方追放だそうだ」

「金がらみでございますか。しかし、そうなると、闕所できるのは田畑と家屋敷だけとなりまするな」

大潟が肩を落とした。

「所が、木挽町《こびきちょう》だというから、田畑はないだろうよ」

木挽町は数寄屋橋《すきやばし》御門にも近く、大名屋敷なども多い。とても田畑のあるところではなかった。

「何者でございまするか」

「飯田屋三右衛門、家業は薬問屋とあるな」

「薬問屋……」

惜しそうな顔を大潟が見せた。

薬屋で家財も闕所ならば、高麗人参やうにこうるなどの高貴薬も収公できた。

闕所で取りあげたものは、入札にされ、その売り上げは江戸の橋や路などの補修に使われた。

もちろんそれは表である。

闕所の売り上げの五分は、上納金という形で闕所物奉行のもとへ入り、そこから手代たちへ分けられた。

わずか二十俵二人扶持でしかない手代たちが、そこそこの生活を送れるのは、この余得のおかげであった。

「木挽町ならば、家屋敷だけでも相当な値になるだろう。まあ、天満屋が来てからの話だがな」

「そうお願いしたいところでございまする。ここ最近は、旗本の改易《かいえき》に伴う闕所ばかりで、いっこうに潤いませんでしたので。衣替えを迎え、なにかと要《い》りようが」

はっきりと大潟が、口にした。

「そのあたりは、天満屋に任せるしかあるまいな」

扇太郎は苦笑した。

「闕所だそうで」

一刻《いっとき》（約二時間）ほどで天満屋孝吉《こうきち》が顔を出した。

天満屋孝吉は、浅草寺《せんそうじ》門前町の古着屋である。と同時に、闕所となった財物の競売に参加できる権利を持つ商売人でもあった。もっともこれは、表の姿で、裏へ回ると浅草界隈《かいわい》を仕切る顔役であった。

「ああ。手数をかけるな。白湯《さゆ》も出さずで悪いが、早速、現場へ行こう」

天満屋孝吉を促して、扇太郎は屋敷を出た。

「朱鷺《とき》さまがおられないのでは、当然でございますな」

後ろに従いながら、天満屋孝吉が笑った。

朱鷺とは、扇太郎の内妻である。百八十石取りの旗本屋島伝蔵《やじまでんぞう》の娘であったが、実家の借金の形《かた》として岡場所へ売られた。

その岡場所が闕所になった。借財も闕所の対象となる。遊女も岡場所への借金を抱えていれば、財物扱いとして競売にかけられた。

朱鷺は競売を差配した天満屋孝吉の手に落札され、そのまま扇太郎の屋敷へ連れてこられた。そう、朱鷺は天満屋孝吉から扇太郎への賄賂《わいろ》であった。

その後、幾多の困難に巻きこまれた扇太郎、朱鷺の絆《きずな》は太くなり、ついに朱鷺は扇太郎の伴侶となった。と言ったところで、八十俵の御家人《ごけにん》の妻になるには、岡場所あがりの遊女ではつごうが悪い。かといって実家とは、身売りした段階で絶縁となっている。

そこで朱鷺は扇太郎の妻にふさわしいだけの身分を得るため、老中水野越前守忠邦の江《え》戸留守居役《どるすいやく》井上兵部《ひょうぶ》の養女となった。今は、朱鷺を道具に扇太郎を害そうとする連中から守るため、榊家を出て井上家で花嫁修業をしていた。

「前はいなかったので、もとに戻るだけと思ったが、だめだな。一度手にしたものを失くすというのは、なんともいえず不便だ」

すなおに扇太郎も認めた。

「男にとって女というのはとくにそうでございますな」

天満屋孝吉も同意した。

「女というものはよいもので。心を苛立《いらだ》たせるときもないわけではございませぬが」

「苛立たせるか。なるほどの」

　扇太郎は笑った。

「商家が女中を雇うわけをご存じでございますか」

　不意に天満屋孝吉が問うた。

「炊事などをさせるためであろう」

「いえいえ。炊事などは男でもできまする」

　扇太郎の答えに、天満屋孝吉が首を振った。

「ではなぜだ」

「仕事の進みぐあいがよいからでございますよ」

「進みぐあい……」

「はい。男というのは女がいると、よいところを見せたがるものでございまする」

「たしかにな」

「店に女が出なくとも、奥にいるだけで、奉公人たちの熱意が違いまする。その代わり、女中を使いに出したりすると、一気にやる気が落ちまするが」

　天満屋孝吉が苦い顔をした。

「しかたあるまい。見得を張る相手がいなければ、意味がないからの」

「さようでございますな」

二人は顔を合わせた。

江戸は女日照りであった。天下の城下町である江戸には、多くの人が集まってきた。参勤交代で江戸へ出てくる勤番侍《きんばんざむらい》たち、田舎《いなか》では仕事にありつけない農家や商家の次男以下、そして国にいられなくなった犯罪者、そのほとんどが男なのだ。嫁をもらえる者など一握り、そのほとんどは、生涯を独り者で過ごすのだ。江戸で女は貴重であった。

「このようでございますな」

目的の家はすぐに見つかった。

「仁吉《じんきち》。ここの地所は誰のものか、調べてきておくれ」

付いてきていた配下に天満屋孝吉が命じた。

「へい」

仁吉が小走りに去っていった。

「木挽町一丁目でこれだけの地所ならば、数百両は堅いかと」

「家はどうだ」

扇太郎が訊《き》いた。

「ちと古いようでございますな。この場所が欲しい相手にぶつかれば、そこそこの値を付けさせますするが……」

天満屋孝吉が語尾を濁した。

「なかを見せていただきましょう」

「うむ。闕所物奉行の榊扇太郎である」

うなずいた扇太郎は、飯田屋の前で見張りをしている自身番《じしんばん》の男へ名乗った。

「どうぞ」

自身番の男が大戸の潜《くぐ》り戸《ど》を開けた。

「お先に失礼を」

天満屋孝吉が入った。

「どうだ」

扇太郎も続いた。

「なにもございませんな。ものの見事になくなっておりまする」

問われた天満屋孝吉が感心した。

「闕所の対象が、田畑屋敷だけだからな。財物は自儘《じまま》にしていいのだ。残された家族にとって、これから世間の冷たい目に晒《さら》されて生きていくためには、金が要るだろう」

連座制はなくなり、謀叛《むほん》でない限り、家族にまで罪は及ばないが、世間の噂《うわさ》はついてまわる。罪人の家族という烙印《らくいん》は、かなり厳しい。少なくとも娘は嫁に行けなくなるし、息子《むすこ》も奉公先は見つからない。下手《へた》すれば、町内での買いものも拒まれる。

罪人の家族たちは、そのほとんどが、そそくさと引っ越し、誰も事情を知らないところへと逃げていく。そのとき、頼みになるのは、親戚でも知人でもない。金であった。

「しかし、襖《ふすま》や畳まで持っていくのはどうかと」

身ぐるみ剝《は》がされたような家屋の様子に、天満屋孝吉があきれた。

「襖、障子、畳、欄間《らんま》などは、家作ではないからな。持ち去っても罪ではない」

「ではございましょうが……まさか」

思いついたように、天満屋孝吉が家へ上がった。土足のまま奥へと向かった。

「やっぱり」

天満屋孝吉が肩の力を落とした。

「どうした」

追いついた扇太郎が訊いた。

「ごらんくださいませ。床柱《とこばしら》が」

「……切り取られている」

奥座敷の床《とこ》の間《ま》にあるべき柱がなかった。

「……これは。北山《きたやま》のしぼり杉のようでございまする」

わずかに残った切れ端を見た天満屋孝吉が言った。

北山のしぼり杉とは、京の都の東北でとれる杉の変わり種である。表面に細かいでこぼこがあり、その趣きから床柱として珍重されていた。

「まずいな」

扇太郎は呟いた。

障子や畳など取りはずしのできるものは、家屋敷の闕所の対象ではない。が、固定されている柱や梁《はり》などは、家屋敷の付属物になる。

「お奉行さま」

促すように、天満屋孝吉が呼んだ。

「わかっている。放置はせぬ」

渋い表情を扇太郎は浮かべた。

闕所物奉行の任は、闕所物の確保、競売、代金の納入である。当然、闕所物に傷を付けたりしては、責任を取らされる。

「町奉行所へ頼まねばならぬ」

闕所と決まった瞬間から、家屋敷は幕府のものとなる。それに傷を付けたのだ。罪を問われて当然であった。

かといって闕所物奉行の配下に捕り方はいない。このような事態となったとき、相手が町人ならば町奉行、武家ならば目付へ任せるしかなかった。

「袖《そで》の下が要りますな」

「言うてくれるな」

天満屋孝吉へ、扇太郎は頼んだ。

「まだ町奉行ですんでよかったと言うべきなのでございましょうなあ。これが旗本屋敷であったならお目付さまでした」

哀れみの目を天満屋孝吉がした。

町奉行所は金で動く。しかし、目付はそうはいかなかった。厳格で鳴らした目付である。実の父さえ訴追し、腹切らせたという逸話があるほどなのだ。まちがっても賄賂などを受け取ることはない。動く代わりに、扇太郎も罪に問われる。

「お役ご免になるよりましだな」

嘆息しながら扇太郎が無残な床の間へもう一度目をやった。

「旦那」

そこへ仁吉が戻ってきた。

「どうだった」

「ここの地所は、飯田屋の持ちものだそうでございまする」

仁吉が告げた。

土地の持ち主などは、その町内を管轄する町《ちょう》役人のもとへ行けば確認できた。

「そうかい。ご苦労だったね」

天満屋孝吉が、ねぎらった。

「どうやら、儲《もう》けにはありつけそうでございますな」

扇太郎の顔を見て、天満屋孝吉が述べた。

「頼んだ。儲けが出ないと手代たちが哀れだ」

「お任せを。精々高く売りつけまする。もっとも床柱がないので、屋敷はほとんどただみたいなものでございますが」

「その分は、しっかり家族から取るさ」

手を上げて天満屋孝吉に別れを告げ、扇太郎は月当番である南町奉行所へと向かった。

南町奉行所は数寄屋橋御門を入ったところにある。訴《そ》をおこなう町人たちが入りやすいように、大門は開かれており、徒党を組んでいない限り、門番の小者に誰何《すいか》されることもなかった。

扇太郎は、町奉行所の小者へ、与力への取次を頼んだ。

町奉行所の与力は、その職責から不浄とされ、石高は二百石と旗本並みに与えられていながら、お目見え以下の身分であった。

同じ御家人ではあるが、町奉行の与力は闕所物奉行より格上になる。

扇太郎は奉行所の濡《ぬ》れ縁へ腰掛けることもなく、与力が来るのを待った。

「なんだ」

町奉行所の与力は忙しい。飾りものである町奉行に代わって江戸の治安、行政、裁判を担当しているのだ。与力の機嫌が悪いのはいつものことであった。

「お忙しいところ畏《おそ》れ入《い》りまするが……」

扇太郎は用件を述べた。

「床柱を切って持っていっただと。それは御上の裁定に対する叛逆であるな。許すわけにはいかぬ。わかった。飯田屋の係累ならば、すぐにでも見つけられよう」

「江戸から出るということは」

「床柱を抱えたままでか」

与力があきれた。

「売り払ってからでなければ、江戸を離れはしまい。すぐに材木問屋どもへ、回状を出す。床柱を売りに来た者があれば、報《しら》せるようにとな」

「よしなにお願い申しあげまする」

ていねいに扇太郎は頭を下げた。

「費用弁済を忘れるな」

暗に与力が闕所の分け前を求めた。

「承知いたしております」

「ならばいい」

首肯した扇太郎を置いて、与力が奉行所のなかへ戻った。

二

町奉行所を出た扇太郎は、西の丸下の水野家上《かみ》屋敷へと足を向けた。

「留守居役井上どのに」

門前で告げて、扇太郎は通った。

老中へいろいろな頼みごとをする大名や商人たちへの便宜をはかるため、老中の上屋敷の門は日のある間開かれていた。

かといって、誰もが自在に通行できるものではない。門番足軽《あしがる》に用件と通行先を述べ、許しを得なければならなかった。

越訴《えっそ》などを避けるため、門を入ったところには番士小屋があり、家中でも腕利きの藩士が詰めていた。

扇太郎は、門を入って屋敷の玄関を入ったところで、取次に面会を申しこんだ。

「しばしお待ちを」

取次が引っこみ、しばらくして井上兵部が現れた。

「これは、榊さま」

初老の井上兵部が頭を下げた。

今をときめく老中の留守居役といえども、陪臣《ばいしん》でしかない。

「外へ参りましょう」

井上兵部が扇太郎を誘った。

「長屋のほうへお見えいただければよろしいものを」

上屋敷を出たところで、井上兵部が口を開いた。

「朱鷺もお待ちしておりまするのに」

養女にした朱鷺に、井上兵部は敬称を付けなかった。

「品川の一太郎の件だけでも片付かねば、ご迷惑をおかけすることになりまする」

扇太郎は首を振った。

品川一帯を抑える顔役でもある一太郎は、江戸のすべてを手中に収めるべく暗躍していた。その第一として、江戸の歓楽を担う吉原《よしわら》を支配しようとした一太郎は、旗本たちに高利で金を貸し付け、返済不能として、その娘を吉原へ売り飛ばすという手を遣った。吉原へ旗本の娘が売られたという事実を、町奉行へ持ちこみ、人身売買の廉《かど》で咎《とが》めさせようとしたのだ。

借財を返せなくなった旗本は、改易になる。改易とは闕所でもある。旗本の闕所をいくつか担当した扇太郎は、その裏にある人身売買に気づいた。御免状を巡っての一件で吉原と縁のできていた扇太郎は、吉原惣名主《そうなぬし》の西田屋甚右衛門《にしだやじんえもん》へ情況を報せ、対応を促した。

おかげで一太郎の策は破れた。

恨みを抱いた一太郎は、扇太郎を殺すべく、次々に刺客《しかく》を送ってきた。なかには、扇太郎の弱みである朱鷺を狙《ねら》う者もいた。そこで扇太郎は朱鷺の安全のため、老中水野越前守を頼った。

「老中の屋敷を襲うほどの肚《はら》のある奴などおりますまい」

気を遣う扇太郎へ、井上兵部が言った。

「一太郎はまともではございませぬ。なにをしでかすか。それにあやつは、己《おのれ》が出てくることはございませぬ。金で雇った無頼を使役して参りますれば」

「使い捨ての駒《こま》なれば、惜しくないと」

「はい」

扇太郎はうなずいた。

「それに水野さまの屋敷で騒動があったと知れては……」

最後を扇太郎は濁した。

幕政を立て直すために出されている水野越前守の案は、かなり思いきった内容となっている。極端な倹約を強いられるものが多く、大奥《おおおく》を始めとする諸処で軋轢《あつれき》を生んでいた。

「殿の足を掬《すく》うことになりまするか」

井上兵部が苦い顔をした。

水野越前守を追い落としたい者にとって、どのようなことでも攻撃の糸口になる。扇太郎は、朱鷺を預けておきながら、それを危惧《きぐ》していた。

「わたくしには、今も目が付いておりましょう」

「…………」

扇太郎の言葉に井上兵部が、思わずあたりを見回した。

「見つかるような間抜けは遣いますまい」

「でござるな」

井上兵部が、顔を前に戻した。

二人は、内曲輪《うちくるわ》を出たところで、目に付いた茶店へ入った。

江戸見物へ出てきた客を相手にする茶店が、内曲輪を出たところにいくつか並んでいた。

ここで座りながら、大名や役人の登城や下城を見るのは、江戸見物に来た旅人の楽しみの一つであった。

「酒となにか見繕《みつくろ》ってもらおうか」

店の奥の小座敷へ腰を下ろした井上兵部が注文をした。

「お世話になっておりながら、ご挨拶も欠かしております」

あらためて扇太郎は詫《わ》びた。

「いやいや。養女とした限りは、吾《わ》が娘でござる。お気遣いは無用になされよ」

井上兵部が手を振った。

「たまには顔を出してやってくだされ。娘が寂しがっておりまする」

「かたじけのうございまする。近いうちにかならず」

扇太郎は約束した。

「ところで、町奉行が替わりましたが、いかがでございましょう」

酒を注《つ》ぎながら井上兵部が訊いた。

「別段なにも変わりませぬ。町奉行は町方の実務にかかわりませぬゆえ」

「いやいや、そうではございませぬ」

井上兵部が否定した。

「町方の役人たちは、やりやすいと思っておりますのか、それともやりにくいと考えておりまするのか」

「そちらでございまするか」

扇太郎は質問の内容を理解した。

「やりやすいと考えておりましょう」

「それはなぜに」

「町奉行所の与力、同心《どうしん》は、庶民に近いゆえ」

「……なるほど」

さすがは今をときめく老中の懐刀《ふところがたな》である。すぐに扇太郎の真意を理解した。

「奢侈《しゃし》禁止令に反対する奉行はつごうがよいと」

「……………」

無言で扇太郎は首肯した。

町奉行所の与力、同心は、その職務上、町人とのつきあいが深い。町方の女を妻にしている与力や同心も少なくはない。なにより不浄職として同じ旗本御家人から蔑《さげす》まれているのだ。庶民の側へ与力、同心が傾いて当然であった。

町人の贅沢を禁止する倹約令という締め付けは、当然町方の役目である。ほとんど身内である町人たちを取り締まらなければならない与力、同心の心中は穏やかでない。かといって与力、同心も役人である。上司の命には従わなければならない。

その板挟みがないのだ。

この度町奉行となった遠山左衛門尉も矢部駿河守も、水野越前守の倹約令に反対している。当然、取り締まりを厳にする気などない。

「やる気のない奉行のもとならば、せっつかれることもない」

「さようでござる」

闕所物奉行は大目付の配下である。しかし、その任の関係で、もっとも町奉行所とつきあいが深い。町奉行所に出入りすることも多いし、与力、同心に親しくしている者もいる。

町奉行所の雰囲気が変われば、すぐにわかった。

「殿に一度お会いいただけませぬか」

井上兵部が言った。

「それは構いませぬが、よろしいのでございまするか。ご老中さまはご多用でございましように」

扇太郎は気遣った。

「いえ。是非ともに」

朱鷺を預かってもらっている井上兵部に頼まれたというだけでなく、扇太郎には水野越前守に借りがあった。

「承知いたしましてございまする」

扇太郎は引き受けた。

「では、後日あらためて迎えの者を行かせまするゆえ」

茶店の前で二人は別れた。


すでに日は大きく傾いていた。

それでも江戸の町に人の姿は多い。武家の門限も今やないに等しい。遊女を買ったり、酒を飲んだりして門限に遅れるのが、武家でも公然となっていた。水野越前守は、それにも厳しく対応を命じているが、旗本が率先して風紀を乱しているのだ。諸藩の藩士たちが、従うはずもなかった。

「倹約か」

扇太郎は独りごちた。

たしかに幕府には金がない。そのくらい扇太郎でも知っていた。

「入るより遣うほうが多いから、足りなくなる。遣わなければ、金は貯まる。では、その貯まった金をどうすればいいのだ」

八十俵取りの御家人など、下手な職人より貧しい。当然余剰の金などなかった。闕所物奉行になって余得が入るようになったとはいえ、金をどう遣えばいいのかわかっていなかった。

「金は置いておくだけでは、なんにもならぬ。喰《く》えるわけでもなし、衣服にもならぬ。抱けるわけでもなく、雨露も凌《しの》げない。金はそれらに代わるだけのものでしかない。たしかに身のほどを過ぎた贅沢はよくないが、貯めこむことに意味はない」

考えごとをしながら歩いているうちに扇太郎は両国橋へと掛かった。両国橋の袂《たもと》には、多くの店や小屋が出ている。食べものや酒を商う店、茶店とは名ばかりで、そのじつ綺麗《きれい》な女を置いて、奥で春をひさがせる見世《みせ》など、日が落ちても人で賑《にぎ》わっていた。

「旦那、寄っていってくださいな」

今夜の客を捕まえていない茶屋の女が、扇太郎の腕を摑《つか》んだ。

「悪いな。そんな気分じゃねえんだ」

そっと腕を払いのけ、扇太郎は断った。

扇太郎も男である。朱鷺が屋敷に来るまで、月に何度かは遊女を買っていた。朱鷺が来てからは、閨《ねや》をともにしていることもあり、他の女を抱いていない。朱鷺との閨は、遊女との一夜と違い暖かい気がした扇太郎は、他の女への興味を失っていた。

「役立たずかい」

振られた女が毒づいた。

江戸ほど侍の安い土地はない。旗本御家人だけでなく、諸藩の江戸詰藩士、参勤交代で来た勤番侍と、どこにでも侍はいる。天下の城下町で生まれたことを自慢にしている庶民たちである。侍への尊敬は薄かった。

「おい、その言いざまはなんだ」

不意に咎める声がした。三人連れの職人風の男たちが、立っていた。

「えっ」

女が驚いた。

「たかが茶屋女が、お侍さまにその口の利きかたは無礼だろうが」

「そ、それがどうしたんだい」

気丈にも女が言い返した。

「なっちゃいねえな。ちっとしつけてやらないと、江戸の恥だろう、伊助《いすけ》、小太《しょうた》」

先頭に立っていた職人風の男が言った。

「おうよ、白兵衛《しろべえ》」

二人も同意した。

「な、なにをしようというんだい」

寄ってくる男たちに、女の腰が引けた。

「俺たちが、女というものを教えてやろうと言うんだ」

白兵衛が下卑《げび》た笑いを浮かべた。

「こっちへ来な」

伊助が女の手を摑んだ。

「ひいっ」

女が怯《おび》えた。

「よせ」

扇太郎は割って入った。

「旦那の顔を立てるためにやっていることでござんす。止めだてご遠慮願いやしょう」

小太が扇太郎の側へ近づいた。

「おいおい、拙者のことに口出しもできぬのか」

あきれた振りをしながら、扇太郎は目をさりげなく背後へ回ろうとしている白兵衛へと配った。

「もう旦那の手を離れてしまいやしたので。これは江戸の町人の心意気の問題に」

「わざとらしいな」

「…………」

呟いた扇太郎に小太が黙った。

「このていどのこと、どこでもやっていることだ。岡場所でも吉原でもな。普通ならば、野暮《やぼ》な侍が女の機嫌をそこねたと、嘲笑《あざわら》うのがいいところのはずだ」

扇太郎は、ほんの少し腰を落とした。

「誰に頼まれた」

「ちっ」

舌打ちした小太が懐へ手を入れて匕首《あいくち》を出した。

「きゃああ」

白刃に女が腰を抜かした。

「くたばれ」

背後に回っていた白兵衛が、匕首を腰だめにして突っこんできた。

「ふん」

鼻先で笑った扇太郎は、足を送るだけで白兵衛に空を切らせた。

「たいしたことのない奴だな」

扇太郎は三人の腕が、度胸だけだと見抜いた。

「やかましい」

小太が斬りつけた。

「…………」

無言で一歩前へ出た扇太郎は、かかってくる小太の足をひっかけた。

「うわっ」

情けなく転んだ小太の手から匕首が飛んだ。

「野郎」

伊助が殴りかかってきた。

「みょうだな」

首をかしげながら扇太郎は伊助の腕を摑んで逆手《さかて》に決めた。

「痛《い》てええ」

大声で伊助が悲鳴をあげた。

「こいつ」

白兵衛がふたたび突っこんできた。

「阿呆《あほう》」

扇太郎は身体を回した。

「わあ」

腕を決められた伊助が連れて動く。

「あっ」

まっすぐ突っこんで来た白兵衛の目の前に伊助が飛び出した形になった。

「ぎゃあ」

伊助の腹に匕首が刺さった。

「わ、わ、す、すまねえ」

慌てて白兵衛が匕首を抜いた。

「抜いてしまったか。これで死ぬぞ。匕首が腹に刺さったのなら、抜かずに医者へ行くしかない。見ろ、血が止まらぬではないか」

扇太郎が教えた。

「た、助けて……」

泣きそうな顔で伊助が扇太郎を見た。

「人に刃《やいば》を突きつけておいて、己は死にたくない。それは通らないだろう」

冷たく扇太郎は言い捨てた。

「そんなあああ」

伊助が傷口を押さえた。

「おまえたちはどうする」

扇太郎は残った二人を見た。

「こんなはずじゃ……」

「強いなんて聞いてないぞ」

白兵衛と小太が、顔を見合わせた。

「鎮まれ、鎮まれ」

集まっていた野次馬を押しのけて、十手《じって》を持った岡っ引きが出てきた。

「おっ」

倒れた伊助を見た岡っ引きが顔色を変えた。

「こいつは……死んでる」

岡っ引きが、伊助の様子を確認した。

「おめえらだな」

「あ、あの侍が」

小太が扇太郎を指さした。

「失礼でござんすが、お侍さまは」

一応ていねいな物腰ながら、油断のない姿勢で岡っ引きが問うた。

「まず名乗るのが礼儀であろう」

扇太郎は拒否した。

「こいつは、申しわけござんせん。あっしは新五郎といいやす。ご覧のとおり御上のお手伝いをさせていただいておりまする」

「榊扇太郎。闕所物奉行である」

威厳をもって扇太郎は告げた。

「これは」

新五郎が深く腰を曲げた。

「えっ。御上役人……」

白兵衛と小太も呆然《ぼうぜん》とした。

「お手数とは存じまするが、詳細をお願いいたしまする」

「拙者もわかってはいないがな……」

扇太郎は子細を語った。

「さようでございやしたか」

聞き終わった新五郎が納得した。

「おい。こいつらを自身番へ連れて行け」

新五郎が手下に命じた。

「冗談じゃねえ」

二人が逃げ出そうとしたが、配下たちは慣れている。数歩行ったところで押さえつけられた。

「もうよいな」

扇太郎は、新五郎へ問うた。

「念のため、お屋敷の場所をお教えいただきたいんでござんすが」

「深川安宅町だ」

言い残して扇太郎は、両国橋へと足をかけた。

三

床柱を切り取った飯田屋の家族はすぐに見つかった。千住の親戚へ逃げていたのを町奉行所が発見、捕縛した。

「床柱の鑑定に来るよう」

南町奉行所から呼び出された扇太郎は、天満屋孝吉を連れて出向いた。

「いくらだ」

町奉行所の庭に置かれた床柱を与力が指さした。

「拝見を」

天満屋孝吉が床柱を見た。

すでに闕所と決まっている屋敷の一部は、町の商人の値踏みが許されていない。闕所物競売へ参加する資格を持つ者でなければ見積もりできなかった。

「八両というところでございましょう」

しばらくして天満屋孝吉が述べた。

「そうか」

あからさまに与力がほっとした顔をした。

十両盗めば首が飛ぶ。現金でなくとも、それだけの値打ちと判断されれば、適用される。与力がほっとしたのは、死罪人を出さなくてすんだからであった。

死罪人の手続きは面倒なうえ、やはり気分のいいものではない。

「ご苦労だったな」

与力が天満屋孝吉をねぎらった。

「もうよろしいか」

帰っていいかと扇太郎は問うた。

「ああ。少し待て。榊」

手を上げて与力が扇太郎を止めた。

「先日、両国でもめ事に巻きこまれたか」

「ご存じでございましたか」

扇太郎は首肯した。

「報告があがってきたからな」

「なにかつごうの悪いことでも」

「うむ。一人死んでおるのでな。事情はわかっておるのだが、ちとな」

ちらと与力が、天満屋孝吉を見た。

「では、わたくしはお先に」

気づいた天満屋孝吉が、一礼して去っていった。

「……さすがは浅草を締めているだけのことはある。なかなか気が回る」

見送った与力が感心した。

「お話を」

「そうであったな」

促された与力が語った。

「ことが徒目付《かちめつけ》から目付へ回ったらしい」

「目付でございまするか」

扇太郎は苦い顔をした。

旗本の監察をする目付は、恐怖の対象であった。将軍に直接会って、任のことを話すこともでき、老中といえども、遠慮しなければならないほどの権を持っていた。

「榊は、鳥居さまの引きであろう」

「…………」

与力の質問に扇太郎は無言を答えとした。

「頼んでおいたほうがよいのではないか」

「はあ」

扇太郎は中途半端な返答をした。

もともと扇太郎は目付の雑用係ともいうべき小人《こびと》目付であった。それが江戸湾海防巡察に出た鳥居耀蔵の供をしたことで気に入られ、闕所物奉行へと引きあげられた。鳥居耀蔵は、闕所をつうじて、江戸の闇の一つを知るために、扇太郎を手の者として送りこんだのであった。

しかし、品川の一太郎に捕らえられた扇太郎を、鳥居耀蔵は見捨てた。その始末される寸前であった扇太郎を救ったのが水野越前守であった。これによって扇太郎は鳥居耀蔵を見限り、水野越前守の走狗《そうく》となった。いわば、鳥居耀蔵とは敵対関係になったのだ。

「目付に呼び出されただけでも、傷が付く。手を打つならば急いだほうがいい」

「かたじけのう存じまする」

気遣いに扇太郎は頭を下げた。

町奉行所を出たところで、天満屋孝吉が立っていた。

「お奉行さま」

「待っていてくれたか」

「気になりましたので。両国の一件でございましょう」

天満屋孝吉も知っていた。

「さすがだな」

「ちょいと調べてみたのでございますが。あの三人の顔を知っている者がおりませんで」

両国は天満屋孝吉の縄張りに近い。なにかあれば耳に入るように手を打っていた。

「ほう」

扇太郎は目を剝《む》いた。

「このあたりの者じゃないのか」

「おそらく。といったところで、日頃から暴れているようならば、千住や新宿を根城《ねじろ》にしていても聞こえてくるものなんでございますがね。どこの者か、まったく知れませせぬ」

変だと天満屋孝吉が首をかしげた。

「品川ということはないか」

もっとも懸念すべき相手を扇太郎は口にした。

「確認しておりまする」

自信たっぷりに天満屋孝吉が述べた。

吉原を抑えようとした狂い犬の一太郎は、江戸最大の繁華の地浅草の顔役である天満屋孝吉を殺し、縄張りを奪おうとした。その企《たくら》みは扇太郎の手伝いもあって潰《つい》えたが、未《いま》だに一太郎はあきらめていない。当然天満屋孝吉も対応しなければならなくなる。天満屋孝吉は腹心を品川に入れ、一太郎の動向を探らせていた。

「あの三人は品川で見たこともないそうで」

「ふうむ」

扇太郎はうなった。

「鳥居にすがることはできぬ」

すでに敬意はなくなっている。扇太郎は鳥居耀蔵を呼び捨てた。

「様子を見るしかないな」

「もう少しこちらも調べて見ますゆえ、無茶はなさらぬようにお願いいたしますよ」

「闕所物奉行を辞めるな、だろう」

扇太郎は苦笑した。天満屋孝吉が扇太郎に気を遣うのは、ようやく気心の知れた闕所物奉行を失いたくないからだと知っている。

闕所でもっとも儲かるのは、見積もりをした商人であった。闕所となった家屋敷、物品を最初に見て、その競売の開始価格を設定する見積もり役には大きな利得があった。

見積もりを付けた値段で、なんでも購入できた。

いいものがあれば、それに好きな値を付け、他の商人に報せることなく手にできるのだ。もっともあまり非常識な値段を付けると、闕所物奉行から不審を抱かれるので、せいぜい市価の半値くらいだが、その儲けは大きい。

そして、この見積もり役は、闕所物奉行の指名によった。

「おわかりいただいてありがとうございまする」

天満屋孝吉が笑った。

「では、これで」

小腰を屈《かが》めて、天満屋孝吉が去っていった。

与力の懸念は、形になった。

翌朝、屋敷まで召喚の使者が来た。

「目付部屋まで来るように」

目付部屋は、松之廊下の北西、紅葉之間《もみじのま》と背中合わせのところにあった。

扇太郎は、紅葉之間西縁の入り側《がわ》で待機していた御殿坊主へ声をかけた。

「お坊主どの」

「なにか」

ちらと扇太郎へ目をやった御殿坊主が、面倒くさそうに答えた。扇太郎の身分では城中に控えの間を与えられない。また身に付ける衣服も質素なものと決められていた。

「多用でございますれば、ご用件をお早く」

金をくれそうにない扇太郎に御殿坊主は冷たかった。

「闕所物奉行の榊扇太郎、目付部屋からのお呼び出しで参ったのだが……」

すばやく扇太郎は懐から一分金を取り出すと、御殿坊主の袖へ落とした。

「……さようでございましたか。しばし、お待ちくださいませ」

一分金を確認した御殿坊主が機嫌を直し、入り側を小走りに去っていった。

かつて小人目付として目付部屋にも出入りした扇太郎だったが、今は闕所物奉行である。目付部屋への出入りは許されていない。鳥居耀蔵からの呼び出しならば、まだ直接声をかけられるが、目付としての公式な召し出しでは、決められた手順を踏まなければならなかった。

「どうぞ」

待つほどもなく、御殿坊主が戻ってきた。

「かたじけない」

扇太郎は先導されて目付部屋へと向かった。

「闕所物奉行、榊扇太郎か」

部屋の前で一人の目付が待っていた。

目付は一目でわかる黒麻の裃《かみしも》を身に着けている。扇太郎は一礼した。

「さようでございまする」

「目付東山剣之介《ひがしやまけんのすけ》である。付いて参れ」

名乗った目付が、扇太郎を促した。

東山は扇太郎を紅葉之間とは逆になる通次という小部屋へ連れて行った。

「町奉行所より通知があった。言わずともわかろうな」

「両国のことでございましょうか」

「である」

厳しい顔つきで東山が首肯した。

「事情はすでにご存じかと」

「ひととおりは聞いておる。が、本人より詳細は訊かねばならぬ。これは目付としての命《めい》である」

旗本は目付に逆らうことはできなかった。

「承知つかまつった」

扇太郎は一部始終を語った。

「少し違うな」

東山が険しい目で扇太郎を見た。

「どういうことでございましょう」

扇太郎は問うた。

「町奉行所が捕縛した小者どもの話だと、そなたが茶屋女に無体《むたい》を仕掛け、それを止めに入ったところ、喧嘩《けんか》になったと申し立てておる」

「馬鹿な……」

言われて扇太郎は呆然とした。

「喧嘩となれば、両成敗が決まり。そなたにも罰を与えねばならぬ」

「茶屋の女の話を……」

扇太郎は求めた。

「それがの。茶屋女が見当たらぬのだ」

「……なんと」

東山の言葉に、扇太郎は絶句した。

「みょうであろう。ことを見ていた者は何人もおる。町奉行所の手下が、調べてきた。それらの言うには、そなたの言うとおりである」

「ならば……」

「だが、お咎めなしとするには、弱い」

「…………」

扇太郎は沈黙するしかなかった。

「女を見つけ出せ」

「わたくしは闕所物奉行でございまする。とても探索は無理でございまする」

「どうにかせい。でなくば、お役ご免の上、閉門じゃ。目付部屋では、うかつに庶民を相手にし、一人を死にいたらしめただけで咎めるには十分と言う者もおる」

「さようでございまするか」

その目付が鳥居耀蔵であろうと扇太郎は感じた。

「闕所物奉行も他人の恨みを買う役目じゃ。どこで根に持たれておらぬとも限らぬ。ただ、御上の役目に対し、不満を持つなど論外である。そうならば、御上が対応せねばならなくなる」

「はい」

築きあげてきた財産を根こそぎ奪うのが闕所物奉行である。事実、扇太郎も何度となく、闕所の現場で泣かれたり、罵《ののし》られたりしている。

「わかったならば、急げ」

東山が手を振った。

江戸城を出た扇太郎を井上兵部が待っていた。

「榊さま」

「井上どの」

顔を見合わせた二人は、肩を並べて歩き出した。

「ご災難でございましたな」

慰めを井上が口にした。

「ご存じでございましたか」

「主人が、営中で耳にいたしたそうで」

井上兵部が教えた。

「今宵《こよい》、中屋敷までお見えいただきたいとのことでございまする」

「承知いたしました」

扇太郎はうなずいた。

「では、後ほど」

軽く一礼して井上兵部が離れていった。

「面倒に巻きこまれた……いや、罠《わな》にはまったか」

扇太郎は嘆息した。

四

品川は東海道最初の宿《しゅく》である。

江戸日本橋から二里（約八キロメートル）、町並み約二十町（約二キロメートル）、家数一千五百軒余りと大きなものであった。旅籠《はたご》は九十軒ほどあり、男三千二百人ほど、女三千六百人余りと、江戸とは男女の数が逆転していた。これは、遊女屋が多かったからであった。

「少ないね」

狂い犬の一太郎が渋い顔をした。

「おまえさんに、任せているのは、十分女どもを遣いこなすと思えばこそだよ。なんだい、この茶引き女の多さは。客を取らない女なんぞ、金喰い虫なんだよ。一文の売り上げがなくとも、女は飯を喰うし、水も飲む。厠《かわや》の落とし紙でさえ、ただじゃないんだ」

「申しわけありやせん」

叱られた中年男が、小さく肩をすくめた。

「謝ってもらったところでしかたないんだよ。この茶引き女どもをどうするか。それをおまえが考えなきゃいけない」

「…………」

「意見はないのか」

「客引きを夜中までさせやす」

中年男が答えた。

「それだけかい」

冷たく一太郎が言った。

「情けない。それでよく遊女屋の主《あるじ》が務まるな。話にならねえ」

伝法な口調になった一太郎が、嘆息した。

「おまえ、もう一度牛太郎《ぎゅうたろう》からやりなおしだ」

牛太郎とは、遊女屋で雑用をする男衆のことである。見世の前に立って、客を捕まえるのが仕事であり、他にも遊女たちの使いをしたり、付けを溜《た》めている客の取り立てなどをした。定められた給金などはなく、客の心付けや遊女からもらう小遣いで生きていた。

「親方」

言われた中年男がすがった。

「だったら、勉強をしてきなさい」

「勉強をでございますか」

中年男が首をかしげた。

「吉原へ行ってきなさい」

「なるほど。客となって、吉原のやり方を見てこいと」

一太郎の命に中年男が納得した。

「阿呆。誰が遊んでこいと言ったか。忘八《ぼうはち》になるのだ」

「そ、そいつは……」

中年男が絶句した。

忘八は吉原の男衆の総称である。仁義礼智忠信孝悌という八つの教えを忘れたものと見下され、人としての扱いを受けない。人別《にんべつ》からも抜かれ、死ぬまで吉原で過ごす宿命を背負っていた。

「それだけは勘弁してください」

「ならねえ」

　嘆願を一太郎が切り捨てた。

「吉原が二百年の栄華を誇れたのには、それだけの理由がある。考えてもみろ、一度目は顔を見るだけ、二度目で声を聞き、ようやく三度目で身体を味わえる。悠長な女郎買いで馬鹿みたいな金を取る。そんなやり方をこの品川でやってみろ。三カ月で品川の遊女屋は全滅するぞ。それを延々と続け、未だに客足が途絶えない。それを調べ、我がものとすれば、品川が吉原に取って代われるのだ」

「ではございましょうが、忘八だけはご勘弁を」

　人の身分から落とされる恐怖を中年男は震えながら嫌がっていた。

「心配するな。品川が隆盛すれば、儂《わし》に金が入る。金さえあれば、吉原を丸ごと買うこともできるのだ。儂が吉原を支配する。そうなれば、おまえは功績第一だぞ。吉原の惣名主にしてやろう」

「吉原惣名主……」

　徳川家康から直接遊女屋の許しを得たとされる北条家浪人庄司甚内《しょうじじんない》の子孫が、代々惣名主として吉原を支配していた。すべての遊女の父とも言われる吉原惣名主の権は大きく、大名や町奉行とも対等に話ができた。

「惣名主となれば、吉原の金も女も思うがままだ」

「…………」

中年男が悩んだ。

「死ぬか」

一太郎の声が冷えた。

「牛太郎は嫌、吉原の忘八も勘弁してくれ。そんなわがままが通るとでも思っているのか。どっちも嫌だというなら、品川の海で魚の餌《えさ》にしてやる」

「ひっ」

中年男が一太郎の殺気を浴びて悲鳴をあげた。

「いいね」

「へ、へい」

何度も首を上下させて中年男がうなずいた。

「おまえが儂の手下とばれては困る。一応、吉原へ逃げこむだけの理由を作ってやる。そういえば、おめえは八王子近くの生まれだったな」

「名もないような小さな村で」

中年男が答えた。

「ちょうどいい。代官におまえの罪を作ってもらい、手配書きを出してもらう」

「それは……」

聞かされた中年男が戸惑《とまど》った。

「手配書きが出回れば、逃げられまい」

小さく一太郎が笑った。

「捕まれば三尺高い木の上で、世間様を見下ろせるような罪をかぶせてやろう。そうだねえ。金のことで人を刺し殺したとでもしようか。そうか。下手人《げしゅにん》じゃ磔柱《はりつけばしら》には昇らないか」

庶民が人を殺せば、下手人となった。

下手人とは刑罰の一種であり、獄中にて首をはねることをいう。下手人より重いのが死罪、磔、鋸《のこぎり》挽《び》きとなる。死罪は、首を討ったあと残された死骸を試し切りに使われた。磔は、複数人以上を殺した者などが、衆人の目の前で殺される見せしめも含めた重罪であり、鋸挽きは、主殺し以上に適用された。

「少しの辛抱だ。吉原は数年以内に落とす。心配せず、吉原のしきたりを身につけておけ。

それとも今死ぬか」

「……へい」

うなだれて中年男は了承した。

吉原は江戸のはずれ浅草田圃《たんぼ》にあった。日本堤《にほんづつみ》から大きく曲がった五十間道《ごじゅっけんどう》を下れば、朱塗りの大門《おおもん》がそびえ立つ。

江戸から少し離れているとはいえ、山谷堀《さんやぼり》を舟で来る者、駕籠《かご》を雇って大門前まで乗り付ける者、浅草田圃の抜け道を歩いてくる者で年中賑わっていた。

「お、お助けを」

薄汚れた中年男が、吉原大門を入った右にある四郎兵衛番所へ転がりこんできた。

「なんでえ、てめえは」

四郎兵衛番所と染め抜いた半纏《はんてん》を身に付けた忘八が、中年男を押さえつけた。

「お、追われており……」

荒い息の下から中年男が言った。

「水だ。水を飲ませてやれ」

番所を預かる三浦屋四朗左衛門《みうらやしろうざえもん》方の忘八頭退吉《たいきち》が、若い忘八へ命じた。

「ほれ、水だ」

柄杓《ひしゃく》で掬った水をそのまま若い忘八が与えた。

「……あ、ありがとうございまする」

一気に水を飲んだ中年男が、ようやく落ち着いた。

「どうしたというんだ」

退吉が問うた。

「代官さまに追われておりまして……」

中年男が説明した。

「なるほど。吉原は苦界《くがい》、ここに逃げこめば、御上の手も届かない。それを頼って来たと言うんだな」

「へい。なんでもいたしますので、どうぞ、置いてください」

すがるように中年男が退吉に迫った。

「寄るんじゃねえ。男に迫られても気持ち悪いだけだぜ」

邪険に振り払った退吉が、表情を引き締めた。

「吉原にすがるとの意味はわかっているんだな」

「……へ、へい」

中年男が首を縦に振った。

「人でなくなるんだぜ。遊女は年季が明ければ、世間へ戻れるが、忘八に年季はない。大門を一歩出れば、首と胴が離れる奴ばかりだからな。つまり死ぬまで、吉原で過ごさなきゃならねえ。親の死に目にも会えない。子供の婚礼にも参加できねえ。先祖の墓参りにも行けない。そこのところをよく考えて、もう一度返答しろい」

退吉に念を押された中年男の喉《のど》が鳴った。

「……お、お願いします」

中年男が頭を下げた。

「わかった。少し待っていろ。おい、この野郎を奥へ。誰かが尋ねても知らぬ顔をしろよ。吉原の大門を潜った以上、惣名主さま以外誰も手出しはできないのが決まりだ」

「へい」

若い忘八たちが首肯した。

番所を出た退吉は、三浦屋四朗左衛門のもとへ走った。

「ほう。忘八希望かい」

聞いた三浦屋四朗左衛門が、驚いた。

「よほど切羽詰まっているんだろうねえ」

「下手人だそうで」

「それは命がけだな。わかった。西田屋さんにご足労をお願いしましょう」

「お願《ね》げえいたしまする」

退吉が頭を下げた。

惣名主は吉原のすべてを管轄する。

「名前は何という」

三浦屋四朗左衛門に誘《いざな》われた西田屋甚右衛門が番所で中年男に質問した。

「与太郎《よたろう》と申しまする」

両膝を突いて、与太郎が名乗った。

「下手人だと聞いたが、事情を聞かせてもらおうか」

「さきほど、そちらのお方に申しあげましたが……」

与太郎が渋った。

「惣名主さまが訊かれているんだ。話をしねえか」

「すいやせん。もう三月《みつき》になりましょうか……」

退吉に怒鳴りつけられて、与太郎が語った。

「金でもめた末の人殺しですか。よくあることでございますな」

西田屋甚右衛門が納得した。

「三浦屋さんで預かってくださいますか」

「はい」

三浦屋四朗左衛門が了解した。

「ありがとうございまする」

頭を土間にこすりつけて与太郎が礼を述べた。

「しっかり、しきたりは教えこまなきゃいけませんよ。お手数をおかけしました」

そう退吉に言いつけると三浦屋四朗左衛門は西田屋甚右衛門へ頭を下げた。

「よし、今日からおめえは、三浦屋の忘八だ。まずは風呂へ入ってこい。その小汚いなりじゃ、三浦屋の半纏《はんてん》を着せるわけにはいかねえ」

退吉の声を背中に聞きながら、二人は番所を出た。

「三浦屋さん」

「わかっておりまする」

西田屋甚右衛門の問いに三浦屋四朗左衛門がうなずいた。

「あれはいけませんね」

「誰の手かまではわかりませぬが、吉原への刺客《しかく》でございますな」

三浦屋四朗左衛門も理解していた。

「喧嘩口論で人を刺し、国を売る者はままありまする。事実、この廓《くるわ》内にも何人かおりまする。ですが、あのように怯えてはおりませぬ。まあ、吉原に近い、千住や板橋あたりでことを起こし、その足で逃げてきたというならまだしも」

「でございますな。衣服の汚れから見て、かなりの間逃げていたようす。それは最初に吉原を逃げ場所として選んでない証拠」

「ことを起こしてから人でなくなるとの恐怖を捨てて、吉原へ来た。三月経《た》って逃げきれないと感じ、吉原を頼ってくる者は、皆あきらめた顔をしているのが常。人を捨てられるほどのあきらめが、あの者にはない」

冷静に西田屋甚右衛門は見ていた。

「品川でございましょうかな」

「確定はできませぬな。なにせ、浅草の顔役天満屋を含め、この吉原を手にしたがるお方は多い」

西田屋甚右衛門が小さく首を振った。

「まあ、いずれ紐《ひも》が見えてきましょう。そのとき、動けばよろしい」

「でございますな」

三浦屋四朗左衛門が同意した。

「火付けにだけ気を付けてくださいませよ」

「よく見張りまする」

「見張りの手は、うちからも出しましょう。三浦屋さんに預かってもらったのです。それくらいはいたしませぬと」

「では、お言葉に甘えまする」

二人は、西田屋の前で別れた。


両国で女の姿を探した扇太郎は、成果なく三田札の辻の水野越前守中屋敷へと向かった。

「呼び出しておいて待たせた。すまぬ」

一刻半（約三時間ほど）遅れて水野越前守が帰邸した。

「ご多忙のほどは、存じておりますれば、お気遣いなく」

扇太郎は非礼を詫びる水野越前守へ、首を振った。

「早速だが、巷《ちまた》では倹約令についてどう言っておる」

「あまり歓迎はされておりませぬ」

水野越前守の求めているのは真実だと知っている。扇太郎ははっきりと言った。

「ふむ。やはり庶民ていどでは、政はわからぬか」

小さく水野越前守が嘆息した。

「金は大切なものだ。金があればまず買えぬものはない。しかし、いつでも稼げるものではない。手にしただけ遣っていては、万一病に倒れたとき、商いに失敗したとき、たちまち困る。そのときのために無駄遣いを慎み、明日へ備える。それが倹約の真髄だとなぜわからぬか」

水野越前守が不満を漏らした。

「それを幕府はできなかった。今の幕府には、金がなさ過ぎる。江戸城の修繕費でさえ、どこかを削らねば捻出できぬ。古くなった鉄砲や槍《やり》の柄《え》は替えておかなければ、いざというとき使いものにならぬ。しかし、それをするだけの金がない。榊よ。今もし西国あたりの外様《とざま》が手を組んで謀叛を起こせば、幕府は勝てぬ」

「まさか、そのような……」

扇太郎は驚いた。

「戦《いくさ》をするになにが要り用だ」

「人と武器でございましょう」

すぐに扇太郎は答えた。

「それ以上にたいせつなものがある。兵糧《ひょうろう》よ。人は喰わねば生きていけぬ。江戸から薩摩まで喰いものなしでいけるか。知っているか、幕府の米蔵《こめぐら》にある米は、戦のためにあるのではないのだ」

「えっ」

扇太郎は驚いた。

「あれは、すべて旗本御家人への支給用なのだ。昔は万一の蓄えも兼ねていた。だが、幕初安易に旗本御家人の禄《ろく》を増やしたため、その余裕がなくなってしまったのだ」

「やむを得ぬ事態でございますれば、一時借り上げても」

「そうすれば、旗本や御家人たちの収入がなくなるぞ。武具を備え、供を連れて戦へ行けぬことになる。そなた自身のことを考えてみよ。禄米なしで戦えるか」

「ううむう」

「まあ、心配せずとも良い。幕府以上に外様大名どもには金がない。戦などできる情況ではない」

小さく水野越前守が笑った。

「天下泰平からいけば、それでよいのかも知れぬ。が、武士に金がないのは、庶民に侮られるもととなる。今、大名以下、町人から金を借りておらぬ武士がおるか、おるまい。金の貸し借りは、貸したほうが強い。町人に武士が頭を押さえられているのだ」

「………」

反論を扇太郎はできなかった。

「その頭を押さえられている侍をまとめているのが幕府よ。町人どもが幕府を軽んじれば、秩序は崩れる。金さえあれば、なにをしてもいいという風潮になる。それは新たな乱世なのだ。槍と刀に替わる金という武器を使った乱世だ。そうなれば、また弱者が虐《しいた》げられる日々が来る。その弱者にそなたがならぬという保証はない」

「……弱者」

「もちろん、今は庶民たちが武士の下にある。しかし、世は泰平だ。なぜなら、武士が庶民より強い証《あかし》である武器が、使われておらぬゆえだ。人を殺せば罪になる。乱世では褒《ほ》められた人殺しが、今は許されぬ。また、武士には矜持《きょうじ》がある。飢えても物盗りになどに落ちぬという誇りがな。これも幕府が侍の上にあればこそだ。今幕府が潰れれば、この安寧を、失うことになる。代わりに生まれるのは、金のためならなんでもするという下賤《げせん》な世だ。人を金で買い、ほしいままにする。そんな世が正しいのか」

「いいえ」

朱鷺という実例を知る扇太郎は、迷いなく否定した。

「倹約は、金の力を削ぐためにおこなわねばならぬ。闕所物奉行として金の恐《そ》ろしさを知るそなたにはよくわかるはずだ」

水野越前守の言葉は、扇太郎の心に重く沈んでいった。

第二章　寵臣のあがき

一

倹約令に対する不満は、江戸の町にあふれ出していた。

とくに絹ものを扱う呉服屋、櫛《くし》、笄《こうがい》などを商う小間物屋の怨嗟《えんさ》は強い。なにせ扱っている商品のほとんどが、贅沢品として販売を禁じられたからである。

呉服や小間物の店のいくつかは、転業、廃業して消えたが、その多くは抜け道を考え出し、生き残りをはかっていた。

呉服屋は木綿ものの小袖の裏地に絹を使い、小間物屋は簪《かんざし》や笄などを隠して持ち運べる布袋を付けたりした。こうして他人目《ひとめ》のつかないところで贅沢をすることで、庶民たちは倹約令へ反発した。

「水野越前の倹約令は、あまり功を奏していないようだの」

若年寄《わかどしより》林肥後守忠英《ひごのかみただふさ》が、御側御用取次《おそばごようとりつぎ》水野美濃守忠篤《みののかみただあつ》へ笑いかけた。

「人というのは、一度覚えた贅沢を忘れられぬものでござるからの」

水野美濃守も笑った。

二人は水野美濃守の上屋敷で、酒を酌み交わしていた。

「このまま放置していても倹約令の失敗で、越前守の失脚はまちがいないのだが……」

「我らにはときがない」

林肥後守の言葉を水野美濃守が引き取った。

水野美濃守と林肥後守は、十一代将軍であった家斉の寵愛《ちょうあい》を受けて出世した。天保八年（一八三七）、家斉が将軍を息子家慶に譲り大御所《おおごしょ》となった後も隠然たる影響力を幕政に持ち続けたおかげで、二人も権力を失わずにいた。

しかし、いつまで経っても権を渡そうとしない父家斉に家慶が反発、水野越前守忠邦らを登用し、大御所の力を削《そ》ぎにかかった。

将軍を引いたとはいえ、大御所家斉の力は大きい。なにせ五十六人の子供を作ったほどの精力家である。娘を嫁に、息子を養子とした大名たちも多い。家慶ではとても太刀《たち》打ちできなかった。

その家斉も病気には勝てなかった。

この一年ほど、家斉の体調は緩やかに悪化していった。

こうなると家斉の力も陰る。当然、家斉の側近であった林肥後守や水野美濃守らの影響力も薄くなった。

先代の寵臣は、権力者が替わると排斥されるのが、世の常である。

そしてついに家斉が没した。十代将軍家治《いえはる》の寵愛を一身に受け、小納戸《こなんど》から老中にまで登りつめた田沼主殿頭意次《たぬまとのものかみおきつぐ》同様、ほしいままに振る舞った林肥後守や水野美濃守にも終わりが近づいていた。

「急ぎ、倹約令を失敗させ、水野越前守を失脚させねばならぬ」

「うむ。寵臣が失敗したとなれば、上様も少しは大人しくなられるであろう。そこを我らがお助けすれば……」

「さすれば、上様も我らを無下《むげ》には扱えまい」

二人が顔を見合わせた。

「町奉行に水野越前に反対する遠山左衛門尉と矢部駿河守をもってきただけでは、薄い」

「江戸の庶民どもの不満を煽《あお》り立てねばなるまい」

林肥後守が述べた。

「猛毒を飼う」

「よいのか」

水野美濃守の言葉に、林肥後守が確認した。

「八代さまの落とし胤《だね》の末とか申しておる輩《やから》など遣って。表に出られぬ血筋ならば、江戸の闇を支配するなどと嘯《うそぶ》いているというではないか」

「妙薬は毒薬でもある。我らが支配する表へ、顔を出さねば、闇などいくらでもくれてやればいい。賭場《ばくちば》、遊女など、幕政にとって塵芥《ちりあくた》。大名にしろと願っているわけではない。形のない闇くらいくれてやればいい。闇は光あるところでなければ在《お》れないのだ。そのぶんをわきまえ、我らの走狗となるならば生かしておいてやるが、逆らえば始末してしまえばいい。いかに力を蓄えても、たかが無頼。弓矢鉄砲を持った大番組《おおばんぐみ》に攻められれば、ひとたまりもない」

林肥後守の懸念を水野美濃守が一蹴《いっしゅう》した。

「任されよ」

水野美濃守が胸を張った。

「頼む。儂は若年寄として水野越前のじゃまをしておく」

納得した林肥後守が、去っていった。

「紀州屋を呼べ」

用人へ水野美濃守が命じた。

「殿、あのような胡乱《うろん》な者をお近づけになさるのはいかがかと」

長く水野家に仕えている用人が危惧した。

「そちの口出しすることではない。余は呼べと申した」

「……はっ」

主に命じられては、これ以上逆らえなかった。用人が一礼した。


翌日、水野美濃守が西の丸から外桜田《そとさくらだ》の上屋敷へ下がってきたとき、一太郎はすでに待っていた。

「お呼びと伺いました」

一太郎が庭先で手を突いた。

「うむ。江戸の町を荒らせ」

「よろしゅうございますので。町奉行お二人は、水野越前守さまとは反対の立場を取っておられまするが」

「かまわぬ。そなたは、儂の言うとおりにすればいい」

水野美濃守が断じた。

「承知いたしましてございまする、その代わり……」

「わかっておる。吉原だけではなく、江戸すべての遊女屋の許しをそなたに与えることを約してやる」

窺《うかが》うように見上げる一太郎へ、水野美濃守がうなずいた。

「ありがとうございまする」

一太郎が頭を下げた。

「美濃守さま。あと一つお願いが」

「なんだ」

「江戸を混乱に落とすには、少しばかり人手が足りませぬ。わたくしもすべてを出して、賄《まかな》いまするが、それでも不足いたしまする。なにぶん、あちらこちらで単独に動いたのでは、町奉行所あるいは火付け盗賊改め方に個別で潰《つぶ》されてしまいましょう。やるならば、同時にせねばなりませぬ」

「いくらほどいる」

「千両お願いいたしたく」

「……千両」

聞いた水野美濃守が絶句した。千両とは、二千石の旗本の年収である。一カ月一両あれば、庶民家族四人が生活できた。

「もちろん、お返しいたしまする。わたくしが吉原を手にしたならば、二千両にしてお返しいたしまする」

「倍返しか……」

水野美濃守が考えこんだ。

「成功すれば、二千両。だけではございませぬ。今後も毎年千両ずつ差しあげましょう。もし、失敗すれば、わたくしはこの世におりませぬ」

「命を賭けるというか」

「はい」

強く一太郎が首を縦に振った。

「わかった。工面しよう。すぐにここでというわけにはいかぬ」

「今持って帰れと申されましても、困りまする」

一太郎が笑った。

千両箱は重い。小判一枚が四匁《もんめ》弱（約十三グラム）、千枚でおおよそ四貫（約十三キログラム）足らず。それに箱の重さが加われば、五貫近い。持って歩けないものではないが、かなり厳しい。なにより、襲われる。

「近いうちに若い者を連れて、お借りに参りますれば」

「用意させておく」

家斉の寵臣として、権勢を振るった水野美濃守である。屋敷の蔵に千両箱くらいいくつかある。

「では、準備に入らせていただきまする」

「下がって良い」

別れの挨拶をする一太郎へ、水野美濃守が手を振った。

品川へ戻った一太郎は、番頭を呼びつけた。

「うちの蔵にいくら金はある」

「紀州屋のでございまするか」

番頭が問うた。

一太郎の隠れ蓑《みの》でもある紀州屋は廻船《かいせん》問屋であった。

「いや、全部合わせてだ」

「となりますると……およそ四千両ほどかかと」

少し考えて番頭が答えた。

「よし、そのうち三千両を紀州熊野《くまの》の店へ移しておけ」

「えっ」

言われた番頭が驚いた。

「近く江戸を売ることになるやも知れぬ」

「動かれるので」

周囲に誰もいないにもかかわらず、番頭が低い声を出した。

「ああ。江戸を手に入れるか、一度逃げて再起をはかることになるか、結果次第だが、念には念をな」

「承知いたしました。わたくしが直接熊野へ参りましょう」

「一回で全部運ぶんじゃないよ。船だからね。海が荒れれば一発だ。何度かに分けて送るように」

「へい」

番頭が首肯した。

「江戸で手に入れた岡場所は二カ所だったか」

「でございます」

「もう少し欲しいな。一カ所に付き六百両までなら遣っていい。なんとか手を尽くすように。それと水野越前守の下屋敷《しも》で賭場をたてられないか」

「ご老中さまのお屋敷でございますか。やってみまするが、期待は薄いとお考えを願いまする」

難しいと番頭が言った。

「あと、人を集めなさい。一人十両。六十人は要る」

「お金はどういたしますので。送ってしまえば、手元にはなくなりまするが……」

「大事ない。水野美濃守が、払ってくれる」

下卑た笑いを一太郎が浮かべた。

「わかりましてございまする」

命じられた番頭は、まず百両の金を持って、江戸へと入った。

水野家の下屋敷は、赤坂薬研坂《やげんざか》にあった。

「賭場はたっていないようだねえ」

水野家下屋敷近くで、様子を窺った番頭が嘆息した。

「ときのご老中さまの屋敷で賭場がたっては、さすがに問題だからねえ。しかし、主さまも無理を言う」

番頭は、周囲を見渡した。

赤坂薬研坂は江戸城にも近く、小大名の上屋敷、大大名の下屋敷などが混在している。

「もう少し待つとしようかね」

目に付いた茶店へ入って、番頭は日が暮れるのを待った。

武家の門限が崩れて久しい。かつては厳格であった町木戸も、その多くは開けっ放しになっている。夜遅くなっても、人の行き来は支障なくできた。

「あそこか」

一軒の大名屋敷の潜り門へ、町人らしき男が何人も消えていった。

「ごちそうさま」

びた銭数枚を置いて、番頭は茶店を出た。

「ごめんを」

番頭は出入りの多い屋敷の潜り門を叩《たた》いた。

「誰でい」

潜り門の上に作られている覗《のぞ》きが、小さく開いて誰何《すいか》の声がした。

「伊勢屋《いせや》さんのご紹介で参りました。相模屋《さがみや》と申しまする」

偽名をかたりながら番頭が頭を下げた。

「……伊勢屋の旦那のか」

「はい」

なかの番人の確認に、番頭はうなずいた。

江戸に伊勢屋は多い。同じ町内で数軒あるのも珍しくはないのである。伊勢屋と言うだけで、相手は勝手に納得してくれる。

「入んな」

潜り門が開いた。

「どうも」

すばやく番頭は門を開けてくれた番人の懐へ一朱金を滑りこませた。

「……右端から二つ目の長屋だ」

にやりと笑った番人が指さした。

「あそこでございますか」

番頭は長屋へと足を向けた。

武家屋敷でいう長屋とは、藩士たちの住居のことである。町長屋と違い、一軒一軒に門が設けられ、ちょっとした庭付きの家であった。

「遊ばせてもらえますか」

言われた長屋へ入った番頭は、出入り口に座っている中間《ちゅうげん》へ声をかけた。

「初めてのお方で」

「はい。ここにいい場がたつと聞きまして」

今度は伊勢屋の名前を出さず、曖昧《あいまい》にした。

「決まりごとさえ守っていただければ」

中間が認めた。

「まず、現金での張りは禁止。ここで木札と交換していただきやす。木札は一枚が百文。一両で四十枚。木札を金に戻すとき、一割五分の手間をちょうだいしやす。丁半《ちょうはん》駒そろわないときは、流れとなりやす。その場合、次の勝負で勝たれたぶんから振り代として木札一枚を徴収いたします」

一両を四千文としているが、実際は六千文近い。木札と交換するだけで、胴元には二千文という利益が出る。

「けっこうで。とりあえず、二両を」

説明を聞いた番頭が小判を二枚差し出した。

「……八十枚。お確かめください」

手垢《てあか》で汚れた木札を、中間が差し出した。このまま返しても、一分と一朱ちょっとは、賭場へ取られる。負ければ全額持っていかれ、勝ってもその八割五分しかもらえない。五分五分の丁半博打で一割五分の手数料も取る。先ほどの両替差益と合わせて、大きな収入であった。

「たしかに」

目でざっと数えた番頭は、木札を持って盆板へ割りこんだ。

畳一枚を裏返し、そこへ白布をかけたものが、盆板である。その上で竹で編んだ壺《つぼ》に、さいころ二つを投げ入れて出た目で勝ち負けを決める。出た目の合計が偶数ならば丁、奇数ならば半と呼び、勝てば賭けた札が倍になって戻ってくる。もちろん、はずせば、木札は全部取りあげられる。

「参りやす」

壺にさいころが放りこまれた。

「ここらで少し休ませてもらいます」

一刻（約二時間）ほど丁半博打をした番頭が、賭場から離れた。

「どうぞ、こちらへ」

駒を扱っていた中間が、番頭を部屋の隅へと案内した。

「酒でよろしゅうございますかい」

「いただきましょう」

番頭がうなずいた。

賭場には気分を変えたい客のために、酒や喰いものが置かれていた。これは胴元の好意として無料であった。

「いかがでござんすか、うちの賭場は」

「いいね。壺振りが見事だ。それになんといっても胴元さんが、よくこの場を締めてなさる。負けがこむと言葉遣いが悪くなったり、乱暴に木札を投げつけたりする客が出てくるものだけど、こちらは皆静かだ」

盃を舐《な》めながら番頭が感心した。

「うちの親方は厳しいので。うかつなことをすると、すぐに叩き出されて、二度と出入りをさせやしません」

「逆恨みで密告されたりいたしませんので」

賭場で大負けに負けた借りをうやむやにしようとして、町奉行所や寺社奉行所へ投げ文《ぶみ》をする輩《やから》はどこにでもいる。一太郎の縄張りでも、年に数人はそういう愚か者が出た。もっとも品川代官は一太郎に金で飼われている。訴えた段階で、一太郎の知るところとなり、皆、品川の海で魚の餌になった。

「ここは大名屋敷で。町奉行所も、寺社奉行所も手出しなんぞできやせん」

中間が胸を張った。

「たしかに。そういえば、すぐそこにご老中水野越前守さまの下屋敷がございまするが、目をつけられたりは……」

思い出したように番頭が言った。

「大門さえ開けていなければ、他家のことに口出ししないのが決まり。なかで賭場を開こうが、女郎屋をやろうが、なに一つ問題はございやせん。それに、数年前というか越前守さまがご老中になられるまで、あそこでも賭場がたっていたのでございますよ」

「そうでございましたか。なら、下手に突《つっ》けば己にも火が付きますな。どれ、もう一勝負」

会話を打ち切るために、番頭は盃を置いた。

ほんの少し負けたところで、番頭は賭場を後にした。

「賭場の味を知っているか。ならば、崩すのは簡単だな。まずは、水野家へ中間を手配している口入れ屋を探さねばな」

番頭が独りごちた。

二

今日も行き方知れずになった女を捜した扇太郎は、今夜も収穫なく屋敷へ戻るしかなかった。

「今戻った……」

誰もいないことを思い出して扇太郎が苦笑した。

「飯を喰うのも面倒だな」

台所から酒と味噌《みそ》を取り、そのまま扇太郎は板の間で飲み始めた。

「ごめんくださいませ」

数杯重ねたところで、来客の声がした。

「誰だ」

面倒なと、玄関まで出た扇太郎は苦い顔をした。

「鳥居さまか」

来客は鳥居家の中間であった。

「殿が、お出でいただきたいと」

「……わかった」

敵対しているとはいえ、目付の呼び出しを無視はできなかった。扇太郎は、脱ぎ捨てた袴《はかま》を身に纏《まと》い、屋敷を出た。

鳥居耀蔵は、儒学者林家《りんけ》から鳥居家へ養子に入った。婿養子にありがちなことなかれの性質など微塵《みじん》もなく、二千五百石としては格下となる目付に任官し、その辣腕《らつわん》を振るっていた。

儒家出身というのもあり、蘭学《らんがく》を心底から嫌い、高野長英《ちょうえい》、江川太郎左衛門らと対立し、蘭学者を弾圧した。

「またここか」

通されたのは門脇の門番小屋であった。一度は屋敷のなかの座敷まで昇格したが、鳥居耀蔵の意に反した動きが原因で、供待ちへ落とされ、ついには門番小屋まで下げられた。

「次は馬小屋だな」

いつものごとく一刻近く待たされながら、扇太郎は苦笑した。

「お帰りでございまする」

鳥居家の大門が開き、中間が大声をあげた。

「…………」

無言で門番小屋の出入り口に鳥居耀蔵が現れた。

「なにか御用でも」

礼儀として立ちあがり、一礼した扇太郎は用件に入った。

「なにがあった」

前置きもなく鳥居耀蔵が問うた。

「まるでわかりませぬ」

扇太郎は首を振った。

「太刀《たち》を抜いたわけでもなく、突っかかってきた無頼が、仲間を刺し殺した。どこをみても、おまえに欠点はない。無礼討ちでさえないのだ。どう考えても目付が動くことなどない」

「目付は動かない……」

鳥居耀蔵に言われて、扇太郎はその意味を思案した。

「東山になんと言われた」

「町奉行所から話が来たと……」

「その町奉行は誰だ」

「南の矢部駿河守さま……」

扇太郎は息をのんだ。

「気づいたか」

あきれた顔で鳥居耀蔵が、扇太郎を見た。

「売られたのだ、おまえは。水野越前守さまへの嫌がらせとしてな。女が見つかるはずはない。町方で隠しているのだからな」

鳥居耀蔵が述べた。

「わたくしと越前守さまのかかわりを」

「知らぬはずはなかろう。町奉行にあがるまで、矢部駿河守は勘定奉行をしていたのだ」

なぜと首をかしげた扇太郎へ、鳥居耀蔵が告げた。

闕所物奉行ともっともかかわりのあるのは町奉行である。その次が勘定奉行であった。闕所となった物品を競売した金は勘定所へ納められる。勘定奉行は闕所物奉行の人となりを当然知っていた。

「それに矢部駿河守は、水野越前守さまへ反しているからな。己の保身のためにも、いろいろなことを探ろうというものだ」

「…………」

扇太郎は苦い顔をした。水野越前守忠邦は多忙である。なかなか細かいところまで目を届かせることは難しい。また、水野家の藩士は老中の家臣といえども陪臣でしかなく、幕府役人の機微までは探れない。扇太郎は水野越前守にとって、大きな耳目であった。それを矢部駿河守はふさごうとして、扇太郎の動きに掣肘《せいちゅう》を加えようとしたのであった。

「わかったであろう。これで女を捜しても見つからぬわけが」

「はい」

「無駄手間を止めてやったのだ。その恩を返せ」

「なにをお求めで」

鳥居耀蔵が、扇太郎へ言った。

「先日、おまえは、三田札の辻の中屋敷へ行ったな」

「はい」

見張られていると承知のうえなのだ。ここでしらばくれる意味はなかった。

「越前守さまは、どこまで本気だ」

「幕府百年のために、金の力を抑えると」

扇太郎は要約して話した。

「となれば、唐渡《から》りものは」

「ご禁制となりましょう。ただ、医学書などの役に立つものは許されるおつもりだと受け取りました」

水野越前守は贅沢を戒めているのであって、決して蘭学を嫌っているわけではなかった。

「愚かな。蟻《あり》の一穴ではないか」

はっきりと鳥居耀蔵が顔をしかめた。

「蘭学は国学を侵すもの。それが医学であろうとも許しては、ならぬのだ。医学で効能を顕《あらわ》せば、かならず次を求めることになる」

「人の命が助かるのでございまする。蘭学も漢方も関係ないことでございましょう」

扇太郎は首をかしげた。

「一人、いや、多めに見積もって助かる命が数千あったとしても、それによって生まれる弊害がよりひどい。そなたは知らぬのか、南蛮《なんばん》の国々の目的を。あやつらは、国を侵略し、人とものをすべて奪い尽くすのだぞ」

「まさか」

一瞬、扇太郎は耳を疑った。

「少しは本を読め。剣術など、この泰平の世にどれだけ役に立つものか」

鳥居耀蔵が叱った。

「歴史だけでも繙《ひもと》け。よいか、豊臣秀吉が九州征伐の後、伴天連《ばてれん》追放を言い出したのは知っておるな」

「あいにく……」

首を扇太郎は振った。

「度し難い奴じゃ。その理由を教えてやろう。九州へ入った秀吉は、長崎や大村の一部がきりしたんの教会領となっていること、南蛮人が我が国の民を奴婢《ぬひ》として海外へ連れ出している事実を知ったからだ」

「我が国の土地が南蛮の」

扇太郎は絶句した。

一反《いったん》の田圃《たんぼ》を争って殺し合ったのだ。生きていく糧《かて》である米を作る土地がどれほどたいせつか、戦国武将ならずとも知っている。

「きりしたんは、救済という名の面を付けて、我が国を侵略した。それに気づいた秀吉、そして神君家康さまが、南蛮を排し、三代家光さまが国を閉じた。そのおかげで我が国は、異国の魔の手から逃れられた」

滔々《とうとう》と鳥居耀蔵が語った。

「南蛮人どもも学んだのであろう。その後長らく我が国へ手出しをしていなかったが、ついに再訪した。前回は神のめぐみという救済を餌に、そして今回は蘭方という医術を隠れ蓑にしてな」

「…………」

「まだわからぬのか。よいか、医術で救えるものの数より、外国からの侵略を受けた戦いでの被害が大きいのだ。戦となれば、万、いや、百万が死ぬ。それに比べれば、医術の不足で命を落とす者の数など、桁《けた》が違おう」

「同列に考えていいことではございますまい」

「馬鹿者。今まで漢方でなんの支障もなかったであろう。今さら蘭学に頼る意味などない。なにより蘭学で命長らえれば、その者は、南蛮を警戒しなくなる。いや、進んで受け入れようとするであろう。獅子《しし》身中の虫を作るだけじゃ」

鳥居耀蔵が扇太郎を睨《にら》んだ。

「まあいい。無知な小者に諭すのは徒労だ」

ふっと鳥居耀蔵が肩の力を抜いた。

「やはり越前守さまとは、一度お話をせねばならぬな……」

鳥居耀蔵が腕を組んで思案に入った。

扇太郎は沈黙した。

「献策書を書くか。いや、目付は政にかかわらぬのが慣例。それを逆手に取られれば、咎めを受けかねぬ。今、この時期に汚点をつけるのはよくない……」

一人鳥居耀蔵が悩んでいた。

「徒目付どもを遣って、倹約令を厳しく取り締まらせるか」

庶民を担当するのが町奉行所ならば、幕臣を監察するのが目付である。昨今、旗本御家人も贅沢に慣れ、絹の羽織や錦の袴などを身に着けている者も多い。さすがに登城のおりは、そうではないが、派手な身形《みなり》で吉原や岡場所へ通う者もかなりいた。

「町奉行所の検挙と目付の摘発に大きな差があれば、越前守さまも気づかれるであろう。そこへ、話を持ちこめば……」

狭量で狷介《けんかい》な鳥居耀蔵は、水野越前守に嫌われ、少し距離を置かれていた。

「矢部駿河守を蹴落とせる」

低い声で鳥居耀蔵が呟いた。

「榊。越前守さまへ、矢部駿河守が手出しをしてきたことを伝えておけ」

鳥居耀蔵が呼んだ。

「はい」

扇太郎は応じた。

「もう一つ、闕所で絹ものや金銀でできた簪などが出てきたときは、どうなる」

「今のところ、どうせよとの指示は大目付さまよりいただいておりませぬゆえ、通常どおり、競売にかけておりまする」

闕所物奉行は大目付の配下になる。かつて外様大名たちを震えあがらせた大名目付も、浪人者激増による弊害に気づいた吉宗以降、藩の取り潰しが減り、する仕事を失っていた。しかし、飾りとなって久しいとはいえ、闕所物奉行への指示は、すべて大目付から出された。

「競売で買った者の手へ、その贅沢品は渡ることになるな」

「……まさか」

その意図に気づいた扇太郎が息をのんだ。

「闕所物の落札《らくさつ》控えはあるな」

「ございますが」

「写しを寄こせ」

「これは、大目付さまへ出すもので、勘定所にも渡しておりませぬ」

管轄が違うと扇太郎は述べた。

「儂は出せと言っておる」

「……承知」

眼光をきつくした鳥居耀蔵へ、扇太郎は降伏した。

目付部屋に睨まれた状態なのだ。鳥居耀蔵の指示に従わねば、明日にでもお役ご免、謹慎の通達が来る。その先にあるのは評定所《ひょうじょうしょ》への呼び出し、そして榊家取り潰しであった。

榊家が潰れては、朱鷺を守ることができなくなる。扇太郎が闕所物奉行であればこそ、水野越前守はその価値を認めている。だが、目付の裁定には老中といえども口出しはできない。役目を失えば、水野越前守は扇太郎をあっさりと見捨てる。それが権力者というものだ。そして、そうなれば、井上兵部の養女となった朱鷺も離縁され、中屋敷から放り出される。

実家の借金の形に売られ、身をひさいだことのある女が、庇護者《ひご》を失えば、どうなるかなど自明の理であった。

朱鷺は扇太郎の弱みであり、人質なのだ。

「もういい。帰れ」

言い捨てて、鳥居耀蔵は玄関へと去っていった。

「失礼する」

「お気を付けられますよう」

鳥居家の中間に見送られて、扇太郎は帰路へとついた。

「白湯《さゆ》も出なかったな」

扇太郎は空きっ腹に肩を落とした。

二千五百石と旗本のなかでも高禄な鳥居家の内情は裕福である。しかし、鳥居耀蔵は他人に強要する以上に、己を律していた。昨今庶民でも飲む者が多くなってきた茶も買わず、酒も飲まない。食事はいつも一汁二菜であり、獣肉を口にすることはなかった。また家臣たちには優しく、病気の家士を見舞うなど人気も高い。

「頑なすぎなければ、いい上役なのだが……」

江戸湾海防巡察以来のつきあいである。扇太郎は鳥居耀蔵をよく知っていた。幕政への参画をめざし、町奉行になることを目標としているが、出世欲からではない。純粋に鳥居耀蔵は、幕府の行く先を案じている。

「ただ己の考えしか認めない。だから敵が多い」

林家出身というのもあるが、鳥居耀蔵は昌平坂《しょうへいざか》学問所を優秀な成績で出ている。一度読んだ文章は、一字一句まちがいなく諳《そら》んじ、神童と呼ばれていた。

「他人が馬鹿に見えて当然か」

幕臣は昌平坂学問所での素読吟味に合格しないと基本家督を継げなかった。事情によって家督は認められても役付となることはできなかった。榊家の跡取りであった扇太郎も昌平坂学問所で学んだ。なんとか無事に合格したとはいえ、席次など覚える気さえなくすほど低かった。

「面倒な」

鳥居耀蔵は、競売で贅沢品を手にした町人を遣って町奉行所へ揺さぶりをかけるつもりだと扇太郎は見抜いていた。

なにせ、ご禁制の贅沢品がそこにあるのだ。これほどはっきりした証拠はない。その町人を目安箱《めやすばこ》あたりへ訴人させる。目安箱は将軍が直接開け、なかを確認する決まりである。大御所家斉が残した影響を排除したい家慶は、将軍としての功を求めている。また、家斉の影響を受けた役人たちから軽く見られていることに不満を持っている。そこへ、股肱《ここう》の臣である水野越前守の倹約令に反対している町奉行の、手抜きが知らされれば、どうなるか。

「矢部駿河守は罷免《ひめん》、その後に鳥居耀蔵が来るか」

千石高の目付では、二千五百石の鳥居家の家格に合わない。三千石の町奉行あたりが、順当なのだ。水野越前守が反対さえしなければ、まず鳥居耀蔵の町奉行就任は認められる。

「冗談じゃない。そうなれば、遣い潰される」

目付も激務であるが、町奉行はそれを凌駕《りょうが》する。なにせ、数十万人いる町人を南北二人の町奉行で管轄するのだ。他に三奉行の一人として幕政へかかわり、評定所にも臨席する。小石川の養生所、石川島の人足寄場《にんそくよせば》、火消しも担当しなければならない。その上、配下の与力、同心は、町役人同士として強固な繋がりを持ち、いずれ異動していく町奉行に対して面従腹背、まさに孤軍奮闘することになる。手足のように遣える配下が要るのは当然であった。

「逃げ出す算段をしなければ」

扇太郎は小さく身体を震わせた。

いくら倹約令に反対しているとはいえ、老中が打ち出した政策を無視することはできなかった。

倹約令違反で町奉行所に捕まる町人は多くはないがいた。

「江戸十里四方追放とする」

見せしめの意味合いで、そのほとんどが江戸から追い出され、家屋敷を闕所とされた。また、贅沢品については、財物であっても違法なものとして闕所扱いとなり、競売にかけられた。

「買うなよ」

「承知いたしておりまする」

　扇太郎の釘刺しに、天満屋孝吉が苦笑した。

　闕所となった商家の見積もりに来た扇太郎と天満屋孝吉は、簞笥《たんす》の奥深くに隠されていた絹ものを検分していた。

「しかし、見事なものでございますな。表はごく普通の黒紋付でありながら、裏地は浮世絵仕立て。この筆は……まさか……広重《ひろしげ》」

　羽織を拡げていた天満屋孝吉が息をのんだ。

「本当か」

　思わず扇太郎も覗きこんだ。

「ううむう」

　扇太郎も感心した。白絹に色絵筆で、梅と桜が描かれていた。

「好事家《こうずか》ならば、百両出してもおかしくはございませぬな」

「だの」

「惜しい。まことに惜しい」

　天満屋孝吉が未練たらしく言った。

「普段の闕所ならば、事前買い取りもさせてやれるのだが、これはだめだ。町奉行所のお調べ書きに載せられている。後で付き合わされれば、ばれるだけぞ」

「わかっておりまするが、宝の山を見ながら持ち帰れないもどかしさは、きついものがございますな」

ようやく天満屋孝吉が、羽織を手放した。

「どうだ」

「さようでございますね。ざっと見積もって千両というところでございましょうか」

「大きいな」

金額の高さに扇太郎は驚いた。

「しかし、忸怩《じくじ》たる思いでございますな。これほどのものを買えるだけのお得意を失わねばならぬとは」

「吾が身大事だぞ」

言わずもがなのことを扇太郎は口にするしかなかった。

闕所の競売も買い手があっての話なのだ。参加者がいなくなれば、競売はなりたたなくなる。

金の余っている町人を贅沢品所持で捕まえていけば、いずれそのからくりはばれる。そうなれば闕所の競売の信用は地に落ちる。

「わたくしの沽券《こけん》にもかかわりまする」

渋い表情を天満屋孝吉が浮かべた。

「見積もりを他の者へ委託するか」

「とんでもない。特権は一度失えば、二度と戻らぬものなのでございますよ」

天満屋孝吉が首を振った。

「まあ、手立てはいくつかありますので。お奉行さまは、黙って見ていてくだされば けっこうでございまする」

「余計な口出しはするなと」

「…………」

扇太郎の確認に、天満屋孝吉が沈黙の肯定で応えた。

三

「おいっ」

赤坂薬研坂水野越前守の下屋敷の中間《ちゅうげん》部屋でもめ事が起こった。

「なにをしやがる。てめえら、中間頭《がしら》の言うことが聞けねえと」

「やかましい。この人数に勝てるとでも思ったのか」

中間頭が激昂《げっこう》したが、あっさりと取り押さえられた。

「おめえら、最初からそのつもりで来やがったな」

下屋敷の中間の半数以上が、新規に入れ替わっていた。

「今日から、おいらが、この伊吉《いきち》さまが、中間頭だ。いいな」

権威を誇っていた中間頭があっさりと潰されたのだ。残っていた中間たちは従うしかなかった。

「こいつを放り出してこい」

前の中間頭が、下屋敷から放逐された。

「さて、ここの中間部屋で賭場を開くぞ」

「そいつは……殿さまがご老中をされているあいだは、御法度《ごはっと》だと」

古くからの中間が首を振った。

「だからいいんじゃねえか。老中の屋敷へ町奉行が手出しをできるはずもあるまい。これほど安心できる賭場はない。絶対に手入れがないのだ。ふふふ。客であふれるぞ」

新しい中間頭伊吉が笑った。

「藩士たちが黙っていませんぜ」

「金を握らせればいい。いまどきの武士で金より忠義の重い奴なんぞいやしねえ」

伊吉が嘯《うそぶ》いた。

「ですが、どうやって賭場が開いたことを報せるんで。このあたりじゃ、水野家の下屋敷はお堅いと評判になってやす。まちがえてもうちへ来る客なんぞいやせんよ」

「そのへんは任せろ。ちゃんと伝手《つて》はある。伝手はな。五助《ごすけ》、話を付けてこい。今夜から開帳するってな」

にやりと伊吉が笑った。

「へい」

伊吉とともに水野家の中間部屋へ雇われた若い中間が、うなずいて駆けていった。

武家屋敷がほとんどの赤坂から少し北へ行けば、伝馬《でんま》町、四谷《よつや》と町人地が拡がる。五助は、四谷まで足を伸ばした。

「ごめんよ」

五助が着いたのは、岡場所であった。

「いらっしゃい……五助か」

出迎えた男衆が、笑顔を引っこめた。

「用意が調《ととの》ったんだな」

「ああ」

五助が認めた。

「よし。じゃあ、今夜から女に客へ新しい賭場が開いて、おもしろいらしいと言わせよう」

「頼んだぜ」

用件をすませた五助が帰っていった。

「誰か、親方のところまで走ってくれ。赤坂も落ちましたとな」

男衆が命じた。

品川の一太郎は、己の居場所をころころと替えていた。強引な手法で品川の顔役へ成りあがっただけに、一太郎には敵が多かった。

「親方」

妾《めかけ》の一人に与えているしもた屋でくつろいでいた一太郎のもとへ、紀州屋の手代が顔を出した。

「赤坂が落ちたとのことで」

「そうか」

手代の報告を聞いた一太郎が満足そうにうなずいた。

「番頭は」

「先ほど船のほうへ」

「そうか、明日船出であったな」

「さようでございまする」

うつむいたまま手代が答えた。

「店へ出る」

「あい」

妾が一太郎の背中に羽織を着せかけた。

しもた屋を出た一太郎が、先に立った手代へ話しかけた。

「おい。いくらで買われた」

「…………」

手代が逃げた。

代わりに数人の男が、湧いて出た。

「年貢の納めどきだ。狂い犬」

男の一人が口を開いた。

「誰の差し金だい」

「死ぬんだ。知ってどうなる」

一太郎の問いに、男は応じなかった。

「倍出すぞ」

懐から分厚い金入れを出して一太郎は見せた。

「殺せば、それも俺たちのものだ」

男は淡々と言った。

「気に入った。どうだ。月に十両で雇われないか」

一太郎はさらに誘った。

「誰かに抱えられることはしない。一回ごとの約束でな」

「ふむ。そうかい。おまえたちが、矢組《やぐみ》のあと名前を売り出しているとかいう、黒組《くろぐみ》かい」

「知っていたか」

黒組の頭が小さく笑った。

かつて一太郎は、刺客の集まりである矢組という浪人者たちを雇ったことがあった。卓越した腕で江戸の闇に鳴り響いた矢組だったが、天満屋孝吉と扇太郎によって壊滅させられていた。

「残念だよ。わたしのもとへ来れば、おいしい思いがいくらでもできたのに」

「何を言っている。こちらは五人。そっちは一人だ。勝つつもりでいるのか」

一太郎の態度に黒組の頭があきれた。

「あの手代にいくら払ったかは知らないが……」

すっと一太郎が手を上げた。

「ぎゃっ」

「ぐえっ」

もっとも後ろにいた黒組の二人が苦鳴をあげて倒れた。

「どうした……げっ」

振り返った頭が絶句した。倒れた二人の喉に矢が突き刺さっていた。

「どこからだ」

あわてて頭が周囲を見回す間にも、もう一人が射貫《いぬ》かれていた。

「あそこか」

しもた屋の屋根の上に人影があった。

「一度退《ひ》け」

頭が命《めい》を発し、生き残った者が背を向けた。そこへ矢が喰いこんだ。

「ひっ」

一人になった頭が、震えた。

「無駄金だったね」

一太郎が笑った。

「もういいよ。こいつはわたしが片付けるから」

ふたたび一太郎が手を振った。

「…………」

無言で人影が消えた。

「かかってこないのかい。わたしを殺せば逃げられるよ」

金入れを手にしたまま、一太郎が近づいた。

「くっ」

頭が懐から匕首を出した。

「よくも、仲間たちを」

顔を赤くして、頭が匕首を振るった。

「やれ。思ったほどじゃないようだ。もう少し遣えるかと期待したけど、矢組には遠くおよばないな。それも当然か。番頭が探し出してきた六十人に入っていなかったのだから」

　小さく一太郎がため息をついた。

「この」

　独りごちる一太郎へ、頭が襲いかかった。

「ほら」

　軽いかけ声で一太郎が金入れを投げつけた。

「うわっっ」

　したたかに金入れで顔を打たれた頭《かしら》が、匕首を落として苦鳴した。

「わたしが狂い犬と呼ばれている理由を知らなかったのかい」

　後ろへ回った一太郎が、頭の首に手をかけた。

「飼い主であっても、誰であっても嚙《か》みつくというのの他にね……喉元へ喰らいつくという意味があるんだよ」

　一太郎が頭の首を絞めるのではなく、両手で摘《つま》んだ。

「首は人の急所の最たるものだ。息を吸うのも首だし、頭へ血を送るのもね」

「ひっ」

　狂気を孕《はら》み出した一太郎の声に、頭が怯えた。

「言う。誰に頼まれたか言う」

頭が降参した。

「誰だ」

「新宿の……」

「そうか」

それ以上は要らないと、一太郎が力を入れた。

「男の首に噛みつく趣味はないのでね」

一太郎が両手を強く引いた。

「ぎゃはっ」

悲鳴にならない声を頭が出した。頭の首の肉がちぎり取られ、そこから血が噴き出していた。

「あああああああああ」

泣きそうな目で一太郎を見て、頭が崩れた。

「言うのが遅すぎた。命の瀬戸際は、とっくにすんでいたんだよ」

見下ろした一太郎が述べた。

「やれ、気に入った女だったのに、目をつけられてしまっては終わりだな」

振り向いて一太郎がしもた屋を見た。

黒組が一太郎の居場所を秘匿しているはずはなかった。すでにしもた屋の場所も、妾のことも知られていると考えるべきであった。

紀州屋へ戻った一太郎を番頭が出迎えた。

「申しわけございませんでした」

番頭が詫びた。

「船の積み荷は知られていないだろうね」

咎めることなく、一太郎は確認した。

「はい。あの者は、主に外回りが主でございましたので」

「なるほどな。そこでやられたか。油断だったな。一度引き締めないとね」

一太郎が納得した。

「で、船の用意はできたのかい」

「へい。明日の朝夜明けとともに発《た》ちまする」

「頼んだよ。もし、二カ月してもわたしから連絡がなければ、店はおまえに任せる。律《りつ》と子供の面倒は頼む」

「承っておきまするが、そのようなことはございません。旦那さまが負けられることなどございますまい。律さまに聞かれては怒られましょう」

番頭が首を左右に振った。律とは一太郎の妾の一人で、娘を産んだ女房代わりの女であった。

「もちろん、勝つさ」

自信をもって一太郎がうなずいた。

「そういえば、赤坂が落ちたそうで」

話を番頭が変えた。

主《あるじ》を売った手代の後始末を、二人とも口にしなかった。番頭が店で待っていた段階で、手代への手配はすでに終わっていた。

「ああ。思ったよりも早かったな」

「となりますと」

「一カ月先だな。ことを起こすのは。まず、赤坂で賭博《とばく》が開かれていると目安箱へ投書。その対応に水野越前守が忙殺されている隙《すき》を狙う。六十人とうちの者二十人を四つに分け、二十人で吉原を襲わせ、残りには儂《わし》の支配に入った岡場所で暴れさせる。もちろん、火も付けさせる」

一太郎が興奮し始めた。

「江戸の顔役をすべて潰す。儂に手向かう愚か者どもをな」

「その後を支配なさる」

「そうだ。焼けても、江戸の町の復興は、ほうっておいても成る。かの振り袖火事でも江戸は焼け野原となった。それが、前よりも殷賑《いんしん》を極めている。庶民の力は強い。それが、全部儂のものとなるのだ。町奉行など、いや幕府さえ怖れるに足りぬ。光と闇は等価なのだ。光が強くなれば、それだけ闇は濃くなる。八代将軍の子でありながら、幕府の面目を守るために殺された先祖の恨み、ようやく晴らすことができる」

強く一太郎が述べた。

四

闕所の金を下勘定所へ納めると、闕所物奉行の任は終わる。

「たしかに受け取った」

支配勘定が、扇太郎の差し出した競売細目と現金を突き合わせて、宣した。

「しかし、榊《さかき》よ、あれだけの闕所の割に安くはないか」

幕府の金の動きを実質支配している勘定方は多忙を極める。普段ならば、雑談もなく仕事に戻る支配勘定が扇太郎へ話しかけた。

支配勘定は役高百俵、勘定奉行の下役として幕府会計の実務を担当した。毎朝日が昇る前の七つ半（午前五時ごろ）には登城し、下城は暮れ六つ（午後六時ごろ）過ぎという激務であったが、勤めあげれば勘定衆から勘定組頭、代官や遠国奉行の添え役と出世していくこともでき、御家人垂涎《すいぜん》の役目であった。

身分としては八十俵の扇太郎と変わらない。支配勘定の口調が同輩扱いに近いのは当然であった。

「倹約令が響いておりますので」

「おい」

支配勘定が焦った。

倹約令のためにものが売れないと、扇太郎は言ったにひとしいのだ。これは老中水野越前守への反発と取られかねなかった。

「大きな声を出さんでくれ」

小声で支配勘定が頼んだ。

「で、そんなに悪いのか」

あたりを気にしながら支配勘定が問うた。

「店じまいした呉服屋もあると聞きましたぞ」

扇太郎も声を潜めた。

「唐物《からもの》などはどうであろう」

連日勤務の勘定衆は、決まった休みがない。江戸の町へ出て、ものの値段を見る暇などなかった。

「闕所のものでも、まったく買い手が付かぬありさまでござる。無理矢理つきあいで引き取らせているのが現実」

「……ううむ」

難しい顔を支配勘定がした。

「となると、長崎に来る渡来物も……」

「江戸では売れますまい」

小さく扇太郎は首を振った。

「困ったの」

「どうかされたのか」

「唐物が売れぬとなれば、長崎の運上《うんじょう》が減る」

「長崎の運上はそこまで大きいのでござるか」

「大きい。長崎の運上は数万石に匹敵する」

「数万石……」

扇太郎は驚いた。

「倹約のおかげで支出が減ってくれるのはいいが……収入まで少なくなってしまっては、差し引きすれば、同じ」

支配勘定が嘆息した。

「なあ、榊。頼みがある」

「内容によりますぞ」

断るかも知れないと言いながら、扇太郎は引き受けざるを得ないとわかっていた。身分としては、ほぼ同格の相手だが、先の出世のまずない闕所物奉行と、これから階段を上っていく支配勘定の差はいずれ大きく開く。そのとき、わずかでも恩を売っていれば、返してもらうことができる。逆に、断って恨まれれば、先々ろくな目にあわなかった。

「吉原の様子を見てきて欲しい」

「……吉原の」

「知っているだろう。吉原からは毎月大奥の費《つい》えとして千両の金が出ている」

「陰運上《かげうんじょう》」

吉原惣名主西田屋甚右衛門とつきあいのある扇太郎は、表に出ない吉原から幕府への賄《まいない》があると教えられていた。

「うむ。吉原の陰運上は、廓のはやり廃《すた》りにかかわりなく一定であるが、これは決まっているものではない。ただ、慣例で千両のまま来ているだけで、吉原がその気になれば、減らすこともできる。といって、減らされでもすれば……」

「大奥が黙っていないと」

「……………」

扇太郎の言葉に、黙って支配勘定がうなずいた。

大奥の費用は幕府からちゃんと出されていた。しかし、女ばかり千人からを閉じこめている大奥が、それだけでやりくりできるはずもなかった。

男の居ない女だけの城なのだ。どうしても、衣服、小間物、食べもので競い合うことになる。季節ごとに着物を新調するだけでなく、誰よりも意匠をこらしたものを作ることで、周囲を圧倒したがるのだ。一枚の着物に百両、二百両などは当たり前のようにかかる。とても表からだけの金で足りるはずもない。それを埋めてくれていたのが、吉原からの陰運上であった。

「よろしかろう」

扇太郎は引き受けた。

「すまぬ。いずれ、埋め合わせはする」

「そのときは、頼む」

言質《げんち》をとって、扇太郎は下勘定所を後にした。

「金はある」

闕所物奉行には競売の金の五分が、上納された。もっともその半分を手代たちに分配してやらなければならないが、それでもけっこうな金額が扇太郎の手元に残った。

いかに顔馴染《なじ》みとはいえ、吉原へ無一文で行くわけにはいかなかった。

かつての吉原は江戸城から指呼の間《かん》、葺屋町《ふきやちょう》にあった。それが江戸城の大手門から悪所が見えるのは、よろしからずとして、四代将軍家綱の御世《みよ》に浅草田圃へと移された。

浅草田圃は、金龍山《きんりゅうざん》浅草寺のまだ向こうにある。江戸からならば、ちょっとした距離になった。

吉原大門は、昼八つ（午後二時ごろ）に開けられ、深更子《ね》の刻（午前零時ごろ）に閉められた。

「榊さま」

大門を潜ったところで、扇太郎は呼び止められた。

「三浦屋の……」

四郎兵衛番屋から忘八たちが飛び出してきた。

「今日は、お遊びでござんすか」

「遊びといえば、遊びだが……」

今の扇太郎にとって、女は朱鷺だけで足りていた。遊女屋へ揚がるつもりはないが、今までのように吉原惣名主への用はなかった。

「ならば、おい。西田屋さんへ、榊さまがお出でになると報せてこい」

「へい」

忘八が一人駆けていった。

「…………」

良すぎる手回しに扇太郎は苦笑した。

吉原には岡場所にはない、一度敵娼《あいかた》を決めれば、妓《おんな》がいなくならない限り替えられないというしきたりがあった。

これは吉原が妓と遊客の間を夫婦になぞらえていたからであった。途中で敵娼を替えるのは、最大の不義理として客だけでなく、わかっていて受け入れた妓も仕置きの対象となった。客は、詫び状と手切れ金を敵娼に支払うか、吉原への出入り禁止のどちらかを選ばされ、妓は吉原の中央を通る仲之町《なかのちょう》通りで、晒し者となった。

妓が固定されれば揚がる見世《みせ》も決まる。これを馴染みと言った。

一度も吉原で遊女と寝たことのない扇太郎だったが、いつのまにか惣名主西田屋甚右衛門方の客にさせられていた。

先祖の功で吉原惣名主の地位を受け継いでいるとはいえ、西田屋はそれほど大きな見世ではなかった。太夫《たゆう》を張るほどの妓もなく、見世も表通りから少し入ったところにあった。

しかし、その権威は吉原一の大見世三浦屋四朗左衛門方と並ぶ。

西田屋甚右衛門への不義理は、吉原全体に喧嘩を売るにひとしい。扇太郎は、文句も言わず、案内する忘八の後へ続いた。

「ご来訪でござあああい」

三浦屋の忘八が、大声をあげた。

「勘弁してくれ」

冷やかしに来ている遊客たちの目を扇太郎は気にした。

「ようこそお見えくださいました」

西田屋甚右衛門が出迎えた。

「困ったな」

扇太郎は、ため息をついた。

「どうなされたのでございまするか」

「いや、見世に揚がるつもりはなかったのだ」

「吉原に来て揚がらずに帰る……ひやかしで」

あきれた顔で西田屋甚右衛門が訊いた。

ひやかしとは、遊女を買うだけの金はない男が、張《は》り見世で客を待つ遊女たちを見て楽しむことだ。なかには、まだ馴染みの遊女を作っていない客もいることから、見世も邪険には扱えなかった。

「まあ、ここではお話もできませぬ。どうぞ、奥へ」

西田屋甚右衛門が、扇太郎を居室へと誘った。

「そういうわけだったのでございますか」

事情を聞いた西田屋甚右衛門が納得した。

「陰運上の心配でございますか。遊女の涙の数まで気遣うとは、御上お役人というのも御苦労なものでございますな」

西田屋甚右衛門が笑った。

「で、どうだ」

扇太郎は問うた。

「倹約令が出て、客足は多少減りました。といっても、売り上げは増えておるのでございますよ」

「客が減って、売り上げが増えている。道理に合わないのではないか」

「おわかりになりませんか。つまりお客さま一人の遣ってくださるお金が増えているのでございますよ」

「どういうことだ。倹約令が出ているのだぞ。遊郭で金を遣うなど、もっとも反したことではないのか」

わからないと扇太郎は首をかしげた。

「吉原だからでございますよ。他の岡場所は閑散としていると聞きまする」

西田屋甚右衛門が述べた。

「おわかりになりませんか。大門内は苦界。御上の法は届きませぬ」

「なるほど。高価なものを買えなくなった金持ちどもが、吉原で散財していると」

「はい。ここでならば、いくら派手に遊ぼうとも、いっさいのお咎めはございませぬ」

「遣うところを失った金が吉原に落ちている」

ようやく扇太郎は納得した。

「勘定衆のお役人さまへ、吉原の陰運上は常に変わらず続けさせていただきまするとお伝えくださいませ」

一礼して西田屋甚右衛門が言った。

「承知」

用件はすんだと扇太郎は腰をあげた。

「まだよろしいではございませぬか。いま、酒の用意をさせておりまする」

西田屋甚右衛門が引き留めた。

「それに、少し聞いていただきたい話もございますので」

「話……」

扇太郎は座り直した。

「どうやら、また吉原が狙われているようで」

「なにがござった」

「人を入れられたようで」

与太郎のことを西田屋甚右衛門が語った。

「なかから崩す……一太郎か」

「確定はできませぬが、おそらく」

西田屋甚右衛門が首肯した。

「目は付けてあるのだろう」

「はい。今のところ怪しい素振りはまったく。もっとも、一日中見張っているのも難しゅうございますので、完全とは言えませぬが」

忘八の一日は座る間もないほど忙しい。

朝、日が昇る前から起きて、泊まり客のための朝餉《あさげ》、湯の用意をし、客を送り出した後は、見世の掃除、使用された夜具の手入れ、遊女の寝間着、腰巻き、客の浴衣《ゆかた》を洗濯、朝昼兼用の食事を摂った後、昼見世の準備、客引き、付け取りとまさに休む暇もない。また、夜陰に紛れて客や遊女が逃げ出さないようにと、見世の板の間で夜具もなくごろ寝する。それこそ、一人になるのは厠《かわや》のなかくらいであった。

「来たての者に付け取りはさせぬはな」

「もちろんでございまする」

遊興の代金が不足した客に付いて行って取り立てるのを付け馬といい、忘八の重要な役目の一つであった。また、節季ごとの支払いとなっている代々の馴染みの客などの場合の集金もある。この二つだけが、ほぼ例外として忘八は大門の外へ出られる。どちらも金を扱うので、信用ができる忘八にしか任されない。半年や一年の忘八は、大門から外を眺めることさえ許されない。

「客とのやりとりをさせないわけにも参りませぬし」

初見の客を見世へ連れこんだり、馴染みの客を遊女の部屋まで案内したりするのも忘八の仕事であった。

「といったところで、獅子身中の虫がいるとわかっているだけで、いくらでも手が打てまする」

「しかし、あきらめの悪い奴だ」

かつて一太郎は吉原へちょっかいを出し、大きな痛手を受けていた。

「吉原は、江戸の闇に咲く大輪の花。闇に一度でも身を置いた者にとって、手に入れたくなるほど魅力があるのでございますよ」

「ただ、その花には毒がある」

「さようで。人であることを捨て去るだけの覚悟がなければ、飲み干せない猛毒でございまする」

淡々と西田屋甚右衛門が述べた。

「蓮《はす》の花を取るならば、身を泥に染めねばならぬか」

「はい」

西田屋甚右衛門がうなずいた。

「承知した。念のために天満屋孝吉にも釘を刺しておこう」

扇太郎は、西田屋甚右衛門がわざわざ引き留めてまでこの話をした裏を理解した。

「お願いいたしまする。今、吉原へ手出しをされると、加減はいたしかねまする」

感情のない声で西田屋甚右衛門が告げた。

「漁夫の利を狙うなということだな」

「…………」

無言で西田屋甚右衛門が頭を下げた。


泊まりの遊びをする遊客に逆らうようにして、扇太郎は浅草田圃のあぜ道を戻った。

「いるかい」

古着屋天満屋は、店じまいを始めたところであった。

「これはお奉行さま」

算盤《そろばん》で一日の売り上げを勘定していた番頭が、あわてて立ちあがった。

「勝手に通るぜ」

よく知った天満屋である。扇太郎は、案内を待たずに奥へと進んだ。

「天満屋」

一応障子の外から、扇太郎はまず声をかけた。

「榊さまでございますか。今」

すぐに障子が開けられ、天満屋孝吉が顔を出した。

「どうぞ」

「悪いな」

遠慮せず、扇太郎は長火鉢の手前に座った。

「お珍しい、このような刻限に。どうかなさいましたので」

天満屋孝吉が問うた。

「頼まれごとでな。吉原の様子を見に行ったのだ」

扇太郎は語った。

「御上も細かいことでございますな。遊女の売れゆきまで気にするとは」

「金はたいせつだからな」

あきれる天満屋孝吉へ扇太郎は淡々と答えた。

「天満屋、最近、みょうな動きはないか」

「品川で」

すぐに天満屋孝吉が応じた。

「吉原で聞いたのだが、忘八に一太郎の手の者らしいのが入りこんだとのことだ」

「……忘八に。それはまた、ずいぶんと思いきった手を」

さすがの天満屋孝吉も驚いた。

「切羽詰まったのだろうよ」

「品川も安穏とできなくなりましたからでございましょうなあ」

「うむ」

扇太郎も同意した。

品川は江戸町奉行の管轄ではなかった。かつては関東郡代の支配を受け、実質はその下僚である代官によって管理されていた。

関東郡代は伊奈《いな》家の世襲であったが、お家騒動を起こし、職を取りあげられた。代々の世襲というのは、職につうじるという利点もありながら、どうしても癒着を生みやすいという欠点を持っていた。その癒着が切れた。

もちろん、今の品川代官も、一太郎から金をもらっていた。なればこそ、一太郎は扇太郎を品川で捕らえられたし、かなりの無茶も見て見ぬ振りしてもらってきた。

しかし、いかに金で飼おうとも、世襲でなくなった郡代、代官は幕府のつごうで異動してしまうのだ。そうなれば、また一から関係を構築しなければならなくなる。しかも、一太郎は老中水野越前守へ手出しをしたのだ。そのまま新しい代官が、一太郎の接近を許すとは思えなかった。それどころか、一太郎を排除するように命じられてくる率のほうが高い。

「尻に火が付いたか」

「こちらも注意いたさねばなりませぬな」

天満屋孝吉が警戒すると言った。

「頼む」

扇太郎は立ちあがった。

「おや、もうお帰りで。酒の用意をいたしましたのに」

「吉原で女っ気を浴びたせいか、会いたくなった」

「けっこうなことで」

笑いながら天満屋孝吉も腰をあげた。

「では、またの」

「お気を付けて」

すでに天満屋の大戸は閉められていた。

潜り戸から見送りのために出てきた天満屋孝吉へ、扇太郎は一歩近づいた。

「吉原から警告が出た。吉原と一太郎が嚙み合っている隙を狙うのはよせ」

「西田屋甚右衛門の言伝《ことづて》でございますか」

「ああ」

扇太郎は認めた。

「考えておきましょう」

天満屋孝吉は確約しなかった。

第三章　倹約の裏

一

大御所家斉の百箇日法要もすまない天保十二年（一八四一）四月、若年寄林肥後守忠英《ただふさ》は、将軍家慶の呼び出しを受けた。

「肥後守」

江戸城黒書院《くろしょいん》で平伏する林肥後守を、家慶が冷たく呼んだ。

「長年の奉公、ご苦労であった。そちもすでに七十歳をこえておる。そろそろ役目を退き、身体を慈しめ」

「上様……」

林肥後守が、抗議の声をあげかけた。

「若年寄を免じる」

押さえこむように家慶が告げた。

「な、なにを」

さすがの林肥後守も驚愕《きょうがく》した。

「これを取らせる」

淡々と家慶が続けた。

黒書院上段の間近くに控えていた奏者番《そうしゃばん》が、家慶の指示で漆《うるし》塗りの乱れ箱を掲げ、林肥後守の前へ置いた。

「……これは」

乱れ箱に入っていたのは茶袱紗《ちゃぶくさ》であった。

林肥後守が目を剝いた。

「茶でも楽しめ」

家慶が言った。

茶袱紗や十徳《じっとく》などの茶道具を下賜《かし》されることは、隠居の勧告であった。

「わたくしは、まだ老いておりませぬ」

必死に林肥後守が抗弁した。

「以上だ」

まったく相手にすることなく家慶が席を立った。

「上様……上様」

後を追おうとした林肥後守を、同席していた目付が押さえた。

「僭越《せんえつ》であるぞ」

「どけっ」

林肥後守が、怒鳴りつけた。

「下がれ、肥後守」

目付が言い返した。

「なんだと」

思わぬ反抗に林肥後守が戸惑った。

大御所家斉が生きていたころは、目付でさえ林肥後守、水野美濃守らには遠慮した。老中までも監察できる目付も、家斉の寵臣に手出しを遠慮せざるを得なかった。それだけの権威が林肥後守らにあった。

その力が消えた。

「控えろ、肥後守」

厳しい声で目付が命じた。

「うっ」

目付の気迫に、林肥後守がたじろいだ。

「今回だけは目をつぶってくれる。そうそうに下がれ」

「…………」

林肥後守が、肩を落とした。

「上様のお心遣いを忘れる気か」

そのまま黒書院を出て行こうとする林肥後守を、目付が呼び止めた。

「…………」

無言で足を止めた林肥後守が、茶袱紗を懐へしまった。

罷免《ひめん》された林肥後守を迎えた若年寄の詰め所、下の御用部屋は冷たかった。

つい先ほどまで、媚《こ》びるに近い態度で接していた同僚たちが、目を合わそうともしなくなっていた。

「私物をお忘れになるな」

唯一かけられた言葉が、林肥後守を打ちのめした。

私物といったところで、あるのは愛用の筆と硯《すずり》くらいである。ときをかけるまでもなく、林肥後守退出の用意は調った。

「お世話になりもうした」

下の御用部屋を出るとき、林肥後守が挨拶をしたが、誰も応じなかった。

「失礼いたしまする」

林肥後守の後ろで、御殿坊主が下の御用部屋の襖を閉めた。もう二度とその襖は、林肥後守の前で開かれることはない。

「くっ」

老中に次いで権威を持ち、幕政の実務を担っている若年寄、その座から林肥後守が追い出された。

役目を解かれた大名の居場所は江戸城にない。家格に応じた控えの間はあるが、そこで暇を下城時刻まで潰す余裕など林肥後守にはなかった。

林肥後守は、屋敷へと帰った。

「…………」

すでに事情は呼び出された留守居役が、お使い番から聞かされている。林肥後守の屋敷は、静まりかえっていた。

「ご上使でござる」

数日後、失意の林肥後守へ、追い討ちがかけられた。

「上様の意に染まぬおこないをなした咎《とが》をもって、八千石を召し上げる」

「なんと……」

上使から聞かされた林肥後守が、言葉を失った。

「黒書院での態度がお気に召さなかったのである」

冷たく上使が告げた。

「謹慎を命じられてはおられぬが、慎ましくなされよ」

警告を残して上使が去っていった。

「おのれ、おのれ」

林肥後守が歯噛みをした。

「どうぞ、落ち着かれますよう」

用人が、林肥後守をなだめた。

「出かけるぞ」

「殿」

家老が慌てて止めた。

「ご上使さまが、慎むようにと仰せでございました」

「黙れ。閉門を申しつけられたわけではないわ」

林肥後守が叱りつけた。

「水野美濃守どのを訪ねる。先触れを出せ」

「はっ」

主君の命である。用人が頭を下げた。

水野美濃守忠篤は、家斉が死んだ後も主のいなくなった西の丸御側御用取次を続けていた。といったところで、家斉がいなければ、誰も訪ねてくることもなく、決められた刻限に登城し、一日を無為に過ごして戻ってくるだけであった。

「ご災難であったな」

出迎えた水野美濃守が慰めた。

「ふざけおって」

まだ林肥後守の怒りは収まっていなかった。

「吾が加増は、家斉さまよりちょうだいしたもの。それを取りあげるなど……親不孝千万ではないか」

「でござるな」

水野美濃守が同意した。

「貴殿には、なにも沙汰がないのか」

「今のところはな。なにせ、主のいないお側だ。無役となにも変わらぬ。しかし、貴殿は違う。若年寄、それも勝手方じゃ。幕政の舵《かじ》を取っているにひとしいのだ。水野越前守らにしてみれば、目の上のこぶ」

勝手方とは、若年寄のなかでも権威ある役目である。政《まつりごと》を左右するだけの力を持ち、幕府の金も自在に扱えた。

「越前め」

林肥後守が表情をゆがめた。

「美濃守どのよ。品川の一太郎を動かしてくれ」

「もう少しときが欲しいと、一太郎は申しておったぞ。金をよこせとまた言ってきたので、進行状況を聞いたならば、もう二カ月ほど欲しいとのことであった」

要望に水野美濃守が待ったをかけた。

「急《せ》いては事をし損じると巷間《こうかん》でも申すではないか」

「待てぬ」

水野美濃守の言葉に、林肥後守が首を振った。

「吾が所領一万八千石のうち、八千石を削られたのだ。あと一石減らされるだけで、大名ではなくなる」

林肥後守が焦った。

「なればこそ、今動くべきではないぞ。我らには衆目が集まっておる。迂闊《うかつ》なまねをすれば、致命傷になりかねぬ」

「しかし……」

「肥後守どのよ。今は辛抱じゃ。二カ月待てば、江戸は大騒乱に陥るのだ。町奉行所は機能を失い、お膝元の治安は悪化する。盗みもあろう、殺しもあろう、火付けもな。もし、寛永寺でも増上寺でも、焼け落ちれば、老中や若年寄どもの責任は免れぬ。それを考えれば、貴殿は若年寄を辞めていて良かったのかも知れぬぞ」

説き伏せるように水野美濃守が述べた。

「うううむう」

うなり声を林肥後守があげた。

「任せてくれぬか」

水野美濃守が、林肥後守を抑えた。

しかし、三日後に話は変わった。

「水野美濃守、その職を解き、謹慎を申しつけるものなり。また、その職に在りしとき、ふつごうあり。よって五千石を召し上げる」

やはり黒書院へ呼び出された水野美濃守は、林肥後守同様、職を解かれ、封を減らされた。

「早い」

あるていど覚悟していた水野美濃守は取り乱しはしなかったが、水野越前守たちの粛清が始まったことを実感した。

水野美濃守の余裕はなくなった。

「紀州屋をこれへ」

屋敷へ帰った水野美濃守は、一太郎を呼び寄せた。

「ことを前倒しいたせ」

「無茶なことを仰せられる。まだようやく下準備ができたところでございまする。吉原を抑えるには、もう少しときが……」

断る一太郎へ、水野美濃守が迫った。

「悠長なことを申しておる場合ではなくなった。儂も林肥後守どのも、罷免された。今ならば、長年のときをかけて構築した縁が遣える。しかし、それもそうは持たぬ。火の付いた家に長く留まろうとする者はおらぬ。我らが完全に力を失ってしまえば、そなたをかばってやることなどできぬ。江戸の闇を支配するそなたの後ろ盾《だて》となってやれぬぞ」

「…………」

聞かされた一太郎が黙った。

「江戸町奉行も、火付け盗賊改め方も、抑えてやれるのは、あと一カ月。いや、上様のご気分しだいでは、もっと早くなるだろう。改易の使者が来れば、それまでなのだ」

水野美濃守が促した。

「急がせるとなりますると、いっそうの人手が要りまする」

「また金か」

渋い顔を水野美濃守がした。

「もう出せぬ」

水野美濃守が拒んだ。

「二度にわたって計、一千五百両渡したはずだ」

「無理押しには、それだけの金がないと十分な手立てができませぬ」

一太郎が粘った。

「ならば、そなたが出せ。成功したならば、吉原を含めて数万両の金が手に入るのであろう」

「ない袖は振れませぬ」

「儂《わし》がなにも知らぬと思っておるのか。品川のあがりは、浅草に次ぐというではないか」

厳しい声で水野美濃守が言った。

「…………」

ふたたび一太郎が沈黙した。

「すべてを手にするか、なにもかもを失うか。その瀬戸際ぞ。物惜しみをするな」

「承知いたしましてございまする。その代わり、ことが成功したあかつきには、わたくしを町年寄《まちどしより》に……」

低い声で一太郎が念を押した。町年寄とは奈良屋《ならや》、樽屋《たるや》、喜多村《きたむら》の三家を言う。三家とも、もとは武家で、家康に仕えていたが、町人となることを望み、家康江戸入府について三河から移住してきた。江戸城常盤橋《ときわばし》御門を出た本町一丁目から三丁目に屋敷を与えられ、そこで実務をこなした。

町年寄の主たる任は、幕府と江戸の庶民の連絡であった。触《ふれ》を広く報せるだけでなく人別をとりまとめて、幕府へ提出した。また、町人同士の争いごとも、多くは町年寄の担当であった。他にも、豊島《としま》郡の一部を代官として支配したり、上水道の管理などもおこなった。

その収入は札差《ふださし》法改正御用係として百俵の扶持米《ふちまい》が与えられたほか、拝領地を貸した賃料、古くから在る江戸の町内から年に一度晦日銭《みそかせん》を集める権利などを持ち、その収入は年に一千両ほどとなった。

金額も大きな要因であったが、江戸で三家しかない町年寄の力と名誉は大きく、下手な大名よりも権威を持っていた。

「わかっておる。江戸の町年寄は、そなた一人となろう」

水野美濃守がうなずいた。

「お約束、違《たが》えられたときは……」

「わかっておるわ。儂も切所《せっしょ》じゃ」

ねめつけるような一太郎の眼差《まなざ》しを、水野美濃守が睨み返した。

二

水野越前守忠邦をはじめとする十二代将軍家慶の側近たちは、着々と幕政支配の確立を進めていた。

「下の御用部屋も、こちらの手に落ちましたな」

先月老中となったばかりの堀田備中守正篤《ほったびっちゅうのかみまさよし》が言った。

家斉の治世で老中を務め、その隠居にともなって西の丸老中となっていた者たちも、次々に去り、先々月最後まで残っていた脇坂淡路守安董《わきさかあわじのかみやすただ》が急死した。これで御用部屋における家斉の影は薄れた。

「若年寄たちも、一応、家慶さまへ恭順しておるが、肚のなかまではわからぬ。それに下僚のなかにはまだまだ大御所さまの影響を受けている者がいる」

家斉の治世は長い。将軍位にあっただけでも天明七年（一七八七）から天保八年（一八三七）と五十年に及び、大御所時代も入れると、じつに五十四年、幕政に君臨し続けた。もちろん、そのうちには松平越中守定信《えっちゅうのかみさだのぶ》らによる寛政の改革などもあり、家斉が政を実際におこなっていなかった時代もあるが、少なくとも松平定信を罷免してからは、専横を極めていた。

林肥後守、水野美濃守らを例に出さずとも、家斉に寵愛を受けて役職を得た者、出世した者は多い。

「一気に払拭《ふっしょく》はできぬ。そのようなまねをすれば、幕政が滞る」

「でございますな」

水野越前守の考えを堀田備中守が認めた。

老中といえども、幕府すべての役職に精通しているわけではなかった。勘定方には勘定方の、番方には番方の慣例やしきたりがある。幕府成立当初から続いているやり方は、一朝一夕でどうにかできるものではない。役目の交代は、一度に総入れ替えするのではなく、影響の出ないよう慎重に、ときをかけておこなうことが肝心であった。

「まあ、大御所さまの御世が終わったことは、肥後守と美濃守の罷免で城内に知れ渡ったことでございましょう。下僚たちも表だって逆らうことはございますまい」

「だとよいのだがな」

堀田備中守の言葉に、水野越前守は熱意のない答えを返した。

「越前守どのよ。ちとよろしいか」

同じく老中の間部下総守詮勝《まなべしもうさのかみあきかつ》が、割りこんできた。

「では、これで」

一礼して堀田備中守が去っていった。

「なんでござろうか」

「先ほど勘定奉行からあがって来た書付なのでござるがな」

「気になることでも」

間部下総守が差し出した書付へ水野越前守が目を落とした。

「この闕所物競売細目なのでござるが……」

「……これは」

すぐに水野越前守が気づいた。

「みょうでござろう。まったく同じものが、何度も競売細目に出てきておる」

「いかにも」

水野越前守が同意した。

「しかし、なぜこれを拙者に」

疑義が出れば、担当する下僚を呼びつけて説明させればすむことである。間部下総守の行動に、水野越前守が疑問を持った。

「越前守どのは、闕所物奉行をご存じだと伺いましたのでな」

しらっと間部下総守が述べた。

「………」

水野越前守と闕所物奉行榊扇太郎のかかわりは、別段隠してはいないが、公表しているわけでもなかった。

それをわざわざ口にする。水野越前守は、間部下総守の裏を考えた。

「存じておるというほどではないが……」

水野越前守は一瞬の躊躇《ちゅうちょ》の後、間部下総守へ告げた。

「下総守どのよ。これを拙者が預からせていただいてよろしいか」

基本、老中は一度請けた任を途中で投げ出すことはしなかった。また、横からの口出しは無礼とされている。持ちこまれたからといって、了承を取らずに動くのは、後々足を引っ張りかねなかった。

「お願いできますかな」

間部下総守がうなずいた。

「承知つかまつった」

書付を目の前の文箱へ、水野越前守は入れた。

「では」

黙礼を残して間部下総守が去っていった。

「なにを考えている……」

その背中を水野越前守は目で追った。

「余へ恩を売るつもりか」

老中筆頭ではあるが、水野越前守には敵が多かった。

大御所家斉方の役人とは、長く勢力争いをおこなってきた。家斉の死で水野越前守の勝利は確定したが、それでも油断はできない。さらに水野越前守の推し進める倹約令への反発があった。

八代将軍吉宗のおこなった享保の改革、松平越中守定信の寛政の改革よりも、水野越前守の手腕は強引であった。

「あれが漏れたのではなかろうな」

水野越前守が思いあたった。幕府の財政改革の切り札を水野越前守は暖めていた。まだ腹心の役人たちに検討させている段階だが、これが成されれば、幕府の財政は一気に回復する。だけでなく、昨今の懸念である異国の船への対応も万全となる。

「かなり無理をしなければならぬだけに、反対も強かろう。十分に秘してきたつもりだが、万全ではなかったか」

水野越前守が苦い顔をした。

「誰が漏らしたかも調べなければならぬが……一気に進めるしかなくなったの」

よりいっそう風当たりが強くなることを水野越前守は覚悟した。

「しかし、人というものは、なかなか思うように動いてくれぬものよ」

小さく呟いた水野越前守は、御用部屋を出た。

「どちらへ」

御用部屋を出たところに控えていた御殿坊主が、水野越前守の姿を認めた。

「玄関まで参る」

「道をお空けくだされ。ご老中水野越前守さまでございまする」

答えた水野越前守の前へ、御殿坊主が立って先触れをした。

「いや、よい」

水野越前守が止めた。老中は一日一度城中を巡った。これを廻りといい、江戸城各役目の詰所を通過することで、役人たちの仕事ぶりを見るとともに、要望などを聞いた。

そのとき御殿坊主が、老中が通ることを報せて回るのだ。

「家臣へ用がある」

「承知つかまつりましてございまする」

御殿坊主が駆けていった。

どれほどの大大名、老中でも、江戸城内へ家臣を連れて入ることは許されていなかった。ただ一部の家臣たちが、江戸城下乗橋《げじょうばし》付近まで入れ、そこで控えていた。

登城中に私用ができたおりは、玄関脇まで出て、控えている家臣を呼び出し、そこで話をするのである。

水野越前守が玄関へ着いたとき、すでに用人が来ていた。

「ご苦労であった」

玄関脇で待っている先ほどの御殿坊主へ、水野越前守は帯に差していた白扇を与えた。白扇は、財布などを持ち歩かない城内での金代わりであった。白扇には、水野越前守の名前が記されており、後日それを上屋敷へ持参すれば金と交換してもらえた。

「ありがたく」

うやうやしく押し頂いて御殿坊主が去っていった。

「…………」

足袋《たび》のまま水野越前守が、家臣へと近づいた。玄関へ家臣を招いてもよかったが、そうすれば門を警衛する書院番士たちへ、内容を聞かれる恐れがあった。

「今夜榊《さかき》を呼んでおけ」

「上屋敷へでございまするか」

膝を突いていた用人が問うた。

「中屋敷じゃ。まちがえるなよ」

「はっ」

念を押された用人が一礼した。

「それと江戸と大坂の十里四方に領地を持つ老中、若年寄を調べておけ」

「承知いたしました」

「急げ」

水野越前守が用件の終了を報せた。

「殿」

「うむ」

用人が差し出した新しい足袋を受け取った水野越前守が玄関式台へ上がった。

「……………」

履いていた足袋を脱ぎ、新しいものと替える。

「頂戴いたしまする」

膝を使って近づいてきた用人が、汚れた足袋を受け取った。

「任せる」

水野越前守は、ふたたび御用部屋へと戻った。


呼び出されて三田札の辻の水野家中屋敷へ向かう扇太郎の足取りは重かった。

「叱られるであろうなあ」

扇太郎は嘆息した。

水野越前守に協力していながら、鳥居耀蔵の手を払えなかった己の小ささが、情けなかった。

「仕掛けに気づいてもらえたのだ。多少は寛恕《かんじょ》されるか」

一人言いわけをしながら、扇太郎は中屋敷の門を潜った。

「榊どの」

何回も会ううちに口調の柔らかくなった留守居役井上兵部が待っていてくれた。

「吾が長屋へどうぞ」

「越前守さまのお呼び出しでございまするが……」

引っ張っていこうとする井上兵部へ、扇太郎は怪訝《けげん》な顔をした。

「殿は、まだお帰りになれぬそうでございまする。それまで、わたくしのところへ預かるようにと」

「ありがたいことだ」

最近会えていない朱鷺と過ごすようにとの水野越前守の配慮に扇太郎は感謝した。

「お出でなさいませ」

「…………」

長屋の玄関で井上兵部の妻と朱鷺が出迎えた。

「お世話になりまする」

扇太郎は一礼した。

「夕餉《ゆうげ》はまだおすませではございませんでしょうな」

先に履きものを脱いだ井上兵部が問うた。

「はい」

足の砂ぼこりを払おうとした扇太郎の手を朱鷺が押さえた。

「わたしが……」

屈みこんで朱鷺が、扇太郎の裾《すそ》をはたいた。

「すまぬな」

「いい」

小さな声で感謝を言う扇太郎へ、朱鷺が首を振った。

「さあ、どうぞ」

井上兵部の妻が促した。

留守居役はそれほど高禄ではないが、重要な役目である。井上兵部に与えられている長屋は、けっこうな大きさであった。

井上兵部の居室に膳は用意されていた。

「榊どのは、吾が一族も同然。客間でより、こちらがよろしいかと存じましてな」

「お心遣いかたじけない」

扇太郎は喜んだ。

奉行とはいえ、家禄は八十俵しかないのだ。あらたまった席での食事などしたこともない。気を遣いながらの夕餉など、扇太郎には苦痛でしかなかった。

用意されたものは、干物に大根の煮物、豆腐の味噌汁と漬けものという質素なものであった。

「もう少し早くわかっておりますれば、魚など用意できましたものを」

妻が詫びた。

「とんでもござらぬ。十二分に馳走でございまする」

早速、扇太郎は箸を付けた。

「うまい。この大根の煮物は奥方が」

「いえいえ」

問われた妻が笑いながら首を振った。

「今夜の夕餉は、すべて朱鷺が作ったのでございますよ」

誇らしげに妻が教えた。

「さようでございましたか」

扇太郎は部屋の隅で給仕している朱鷺へ目をやった。

「………」

見られた朱鷺が頬を染めて、うつむいた。

まともな武家の家では女を給仕に出さない。しかし、家士も雇えないような貧しい榊家などでそんなことは言っていられない。扇太郎は朱鷺の給仕を当たり前だとしてとらえていた。

「うまい」

もう一度扇太郎は言った。

屋敷にいたときも朱鷺が食事の用意をしていたが、これほど手間のかかったものではなかった。

「馳走になり申した」

ていねいに扇太郎は頭を下げた。

「客間へ茶をな。朱鷺」

「はい」

井上兵部の言葉に朱鷺がうなずき、下がっていった。

「殿がお戻りになるまではございますが、久しぶりにお二人でお話をなされればいい」

「それは……」

二人きりと言われて、扇太郎は照れた。

「いけませぬぞ、榊どの」

遠慮しようとした扇太郎を井上兵部が諫《いさ》めた。

「女というものは、放置しておくだけで機嫌が悪くなるものでござる」

井上兵部が声を潜めた。

「はあ」

「これから先、何十年とともに生きて行くのでございますぞ。できるだけ機嫌を取り結んでおかれるべき。これは、衷心《ちゅうしん》からの忠告でござる」

「……そうさせていただきましょう」

扇太郎はうなずいた。

留守居役とは藩の対外折衝のすべてを担当する。いわば藩主とは別の意味での顔なのだ。本禄とは別にふさわしいだけの身形を整えるため手当が支給され、かなり裕福であった。

しかし、井上兵部の客間は、華美ではなくどちらかといえば、質素であった。

「これは……」

客間へ案内された扇太郎は、床の間の掛け軸に驚いた。

「越前守さまの書」

「有名書家にお願いすると金がかかりまする。質素倹約の折から、そのような費えは、ちと。主の書ならば、費用はかかりませぬゆえ」

笑いながら井上兵部が説明した。

「いや、畏れ入った」

大名から豪商、豪農までと留守居役のつきあいは広い。さすがに大名や旗本を招くことはないが、商人や百姓なら長屋で会うこともある。そのとき、床の間に掛けられている書が藩主のものであると気づいた客の反応は、書を買うこともできないのかと侮るか、それともここまで質素倹約を実行していると驚くかのどちらかである。

「試金石でございますな」

侮るような輩は、切り捨て、脅威と感じた相手と交渉する。そして、水野越前守の質素倹約に反対している豪商、豪農といえども、これを見せられれば露骨な批判はできなくなるのはたしかであった。

「……来たようでござる。では、わたくしは失礼いたそう」

肯定も否定もせず、井上兵部は朱鷺と入れ替わりに出て行った。

「どうぞ」

扇太郎の前へ茶を置いた朱鷺が、少し下がって客間の襖際に座った。

「いただこう」

湯気を上げている茶碗を扇太郎は手にした。

茶の香りを肺に満たしながら、扇太郎は話しかけた。

「元気そうだ」

「よくしてもらっている」

朱鷺の返答はいつもと変わらず短かったが、その声は落ち着いていた。

「なにか足りぬものはあるか」

養女では、欲しいものも買えず、我慢しているのではないかと、扇太郎は訊いた。

「……ある」

朱鷺が言った。

「そうか。ならば、これを遣うといい」

扇太郎は懐から金を出した。

「…………」

無言で朱鷺が首を振った。

「この小袖《こそで》も、この簪《かんざし》も、買ってもらった」

朱鷺が指さした。

「では何が足りぬのだ」

「あなたの側にいられない」

問う扇太郎に、朱鷺が告げた。

「…………」

扇太郎はなにも言えなかった。

実家の屋島家は朱鷺を売り買いできる財物としか見ておらず、親元の天満屋孝吉も、やはり扇太郎を引き留めるだけの道具としている。井上兵部夫妻にしても、扇太郎を扱ううえで便利だからこそ預かってくれている。朱鷺を朱鷺として、一人の女として見ているのは扇太郎しかいないのだ。

朱鷺にとって扇太郎こそが、居場所であった。

「すまぬな。もう少し辛抱してくれ」

扇太郎は詫びた。

「いい。今のは、わたしのわがまま」

小さく朱鷺が首を振った。

「かならず、そなたを迎えに来る。それまで待っていてくれ」

いじらしい朱鷺の愛《いと》しさに扇太郎は席を立って朱鷺を抱きしめた。

三

夜半近くになって、ようやく扇太郎は水野越前守に呼び出された。

「待たせた」

水野越前守が詫びた。

「いえ。ずいぶんとお疲れのご様子でございまするが、お大事ございませぬか」

扇太郎は、水野越前守の顔色が余りよくないことに気づいた。

「たいしたことではない。少し休めば戻る。早速だが……」

首を振って水野越前守が本題に入った。

「これを見よ」

水野越前守が、書付を扇太郎へ投げるようにして渡した。

「…………」

用件を読んでいた扇太郎は、ちらと目を落としただけで書付を開かなかった。

「ふん。わかっていてやったか。一度闕所《けっしょ》に処した贅沢品を競売にかけ、それを買った者を後日倹約令違反の贅沢者として捕縛する。それを繰り返せば、いくらでも罪人を作りあげられる」

「ご明察でございまする」

扇太郎は頭《こうべ》を垂れた。

「鳥居か」

「はい」

「小癪《こしゃく》な奴め」

肯定された水野越前守が吐き捨てた。

「これがよりいっそう庶民の反感を買う。わかっていてやっておるのだな」

「おそらくは」

「ご政道への不満が強くなる。その弊害を押してまで、要り用な策だとでも言うつもりか、あやつは」

水野越前守が腹立たしげに言った。

「…………」

同意も否定も身に火の粉を浴びる。扇太郎は沈黙した。

「江戸十里四方の追放ならば、実害はないと思ったか」

「はい」

確認に扇太郎はうなずいた。

幕府の追放には、大きな抜け穴があった。追放は住居を構えることを禁止するだけで、その地方を通過するのを禁じてはいなかった。罪を言い渡された後、町奉行所の見張りのもと、一度は江戸を出なければならないが、そのほとんどは数日で舞い戻った。

これは足下に草鞋《わらじ》さえ履いていれば、旅の途中との言いわけが許されたからである。こうして、追放されていながら、江戸に住んでいる者はけっこういた。

実質江戸十里四方追放は、無罪と同じである。ただ、付加刑の闕所だけが実効のある咎であった。

「阿呆め」

水野越前守が叱りつけた。

「気づかれぬと思っておるのか。庶民どもは、おまえたちが思う以上にしたたかぞ」

「…………」

扇太郎は黙って頭を下げた。わかっていても逆らうことは、身の破滅を示した。吾が身かわいさは当然であるが、他にも、扇太郎が闕所物奉行をはずれれば、もっと悪辣《あくらつ》な者が後任として来るやも知れなかった。実際、闕所物奉行の地位を狙った一太郎の手の者に、扇太郎は襲われていた。身分は低いが、闕所物奉行はかなり融通が利く。使い方次第で、江戸の闇を支配する端緒となった。

「まったく、幕府百年の先を見ぬ輩ばかりよ」

大きく水野越前守が嘆息した。

「異国が、我が国の周囲に姿を現し始めた。これがどういうことかわかるか」

「いいえ」

そこまで大きな話を扇太郎は考えられなかった。旗本といったところで、最下級なのだ。生きて行くのが精一杯の禄しかもらっていない貧乏御家人にとって、百年先のことより、明日の米の心配が切実であった。

「幕府の祖法である鎖国令が崩れるやも知れぬのだ」

「はあ」

扇太郎は気の抜けた返答をした。

「少しは考えよ」

苛ついた声を水野越前守が出した。

「かつて異国の船がなにをもたらしたか、それくらいは知っておろう」

「鉄砲ときりしたんでございますか」

「うむ。他にも色々あるが、まあ、その二つでよかろう」

ようやく水野越前守が満足した顔をした。

「鉄砲が与えた影響を考えてみるがいい。それまで槍と弓で戦っていたところに、鉄砲が入ってきた。鎧兜《よろいかぶと》などものともせぬ破壊力を持った武器が登場したのだ。戦場の様相は一変した」

「はい」

そのくらいのことならば、扇太郎でもわかる。扇太郎も太刀を遣うからよくわかる。どれほど剣術ができても、鉄砲で撃たれれば終わりであった。離れたところから目に見えぬ疾《はや》さで飛んでくる弾を防ぐ方法など、どの流派にもない。

「もし鉄砲がなければ、織田信長の台頭はなかった」

水野越前守が続けた。

「織田信長が尾張の一大名で終わっていれば、豊臣秀吉は無名のまま歴史に埋もれていただろう」

「…………」

「そして豊臣秀吉が天下を取っていなければ、神君家康さまは征夷大将軍になられはしなかったであろう」

「それは」

家康の能力を過小評価したと難癖《なんくせ》付けられても仕方ないことを水野越前守が口にした。

「固定した見方をするな。家康さまが偉大であることは、まちがいない。だが、条件がそろわねば、天下というものは手に入らぬ。でなければ、武田信玄、上杉謙信が天下を取れなかった理由がなくなる。死さえも条件なのだ」

咎めかけた扇太郎を水野越前守が押さえこんだ。

「よいか、鉄砲だけで、これほど歴史は変わるのだ。鉄砲がなければ、今ごろ天下は武田のものであったかも知れぬ。もしくは門徒の支配になっていたかもな」

「ううむ」

扇太郎はうなった。

「だが、事実は鉄砲のおかげで徳川の天下となり、幕府は二百年以上続いておる。そこへ、また異国がなにかを持ちこめば、どうなる」

「大きな変化が来ると」

「そうじゃ。もしかすれば、なんともないかも知れぬ。だが、万一を考えて動くのが施政者じゃ。不意のことが起こっても、十分対応できる。それこそが政《まつりごと》の要《かなめ》」

「はい」

「だが、それは最上ではない」

己で言ったことを水野越前守が否定した。

「もっとも優れた施政者とは、万一を予想して、あらゆる対応を準備する者のことではない。万一を防ぐ者こそ、最良なのだ」

「防ぐ……」

「さすがに地震や大風までは防げぬ。我らは神ではないのだ。だが、相手が人であれば、別だ。適切な対処を取れば、予想外の事態など起こりはせぬ」

「…………」

水野越前守の自信に、扇太郎は驚いていた。

「扇太郎、老中にとってもっとも大切なものがなんだかわかるか」

「上様のご信頼でございましょうか」

「それもたしかに重要だ」

扇太郎の答えに水野越前守が首を振った。

「だが、それ以上に庶民たちから嫌われぬことこそが、肝要なのだ」

「庶民から嫌われぬ」

「そうだ。とくにお膝元である江戸の民に嫌われれば、どれだけよい施政をしたところで、もたぬ。松平越中守定信どのがその良い例である」

水野越前守が述べた。

八代将軍吉宗の孫で奥州白河《しらかわ》藩の養子となった松平定信は、十一代将軍家斉の信を受けて老中筆頭となり、幕政に腕を振るった。

金を遣い、商業を活発にすることで、景気を上げ、幕府の財政を好転させようとした十代将軍家治の寵臣田沼主殿頭意次の政が頓挫《とんざ》した後を受けた松平定信は、まったく逆の方針を打ち出した。

入るを増やすではなく、出るを抑えようとしたのだ。

しかし、田沼主殿頭による景気高揚で贅沢に慣れていた庶民たちに受け入れられなかった。

「白河の水の清きに魚棲《す》みかねて、濁りし田沼ぞ、今は恋しき」

市中に張り出された落首が、庶民の松平定信への反発を如実に表している。

「庶民の声など幕政に影響はないのでは」

扇太郎は首をかしげた。

かつて幕府が庶民を気にしたなどと聞いた覚えさえなかった。

「それを理由に座を追われるのよ。庶民どもの怨嗟《えんさ》の声が満ちている。そう言われれば、施政者として落第の烙印を押されることになる。そんな失態を儂を気に入らぬ者が見逃すと思うか」

「いいえ」

闕所物奉行のような端役でさえ、奪い合い足を引っ張るのが今の幕府である。老中という最高権力の座を奪い合わないはずはなかった。

「政とは、庶民の不満を表に出さぬように押さえつけることである」

「…………」

思わず扇太郎は水野越前守の顔を見た。

「明日生きていければいい者に、百年先のための話をしても意味はあるまい。儂は百年先の幕府を支えなければならぬ。もちろん、それを儂が見ることはかなわぬ。それでいいのだ。政をなす者は、生きている間の名声を欲してはならぬ。死して何代か後、ようやく評価されればいい。そのための悪名ならば、怖れぬ。だが、足を引っ張られるわけには行かぬ。邪魔されては、百年先に幕府はない」

水野越前守が滔々と語った。

「榊」

「はっ」

軽く扇太郎は頭を垂れた。

「愚かなまねはやめよ。鳥居には儂から申しておく」

「畏れ入りまする」

扇太郎は平伏した。

「ご苦労であった」

「ご免」

言われて扇太郎は水野越前守の前から下がった。

「鳥居のやったことを無駄にするのももったいないの。儂に従わぬ町奉行を罷免するに十分な材料である。その前に、林肥後や水野美濃を片付けておかねばならぬ。反撃を許さぬうちにな」

水野越前守が独りごちた。


最初に異変を感じたのは、天満屋孝吉であった。

「賭場《とば》の売り上げが減っている」

天満屋孝吉が怪訝《けげん》な顔をした。

「へい。あと、常連の旦那のうち、何人かがここ最近お姿を見せておられやせん」

浅草の縄張りのなかで賭場を預けられている代貸しが、申しわけなさそうにした。

「どなただい」

「井筒屋《いづつや》さん、大島屋さん、一文字屋さん、門屋《かどや》さんで」

「みょうだね。皆さん、三日に上げずにお見えの方ばかりだ」

名前を聞いた天満屋孝吉の疑問は深くなった。

「縄張りのどこかに、岡《おか》な賭場ができたんじゃないだろうね」

岡とは、岡場所、岡っ引きなどに使うように、正式なものではないとの意味である。

「とんでもございませぬ」

代貸しが真っ青になった。

そんなものの暗躍を許したとなれば、代貸しの命はない。

「一応、調べなさい。あと、先ほどの常連さんに、目を付けなさい」

「へい」

「この天満屋の縄張りで不埒《ふらち》なまねをしているようなら、それが誰であっても容赦はしない。たとえ相手が大名方であろうが、浅草寺さまであろうがね」

天満屋孝吉の目が冷たく光った。

賭場に出入りする客の多くは、普通の商家の旦那衆であった。金を持っていない博打《ばくち》打ちや無頼は、客としてうまみがない。だけでなく、下手すると一般の客に無体を仕掛けたり、場を荒らす。こういう連中を排除し、安心して遊べるようにしないと上客を逃がしてしまう。徹底して無頼を閉め出している天満屋孝吉の賭場は、かなり遠くからも客の来る良好な遊び場として知られていた。

そこから客を取るとなれば、よほど儲けが出るか、天満屋孝吉の賭場より安全でなければおかしい。

代貸しは、常連全員に、若い者を張り付け、三日目で新しい賭場を見つけた。

「老中水野越前守さまの下屋敷だと」

さすがの天満屋孝吉も絶句した。

「倹約令を出している大元の屋敷で賭場……」

博打など、倹約からもっとも離れた所業である。

「誰も思いつかぬわな」

天満屋孝吉が感心した。

博打は法にはずれている。普段から町奉行所は賭場の取り締まりをおこなっていた。天満屋孝吉の縄張りでも、町奉行所へ十二分な手当てさせているからこそ、何とかなっているが、訴人でも出れば、形式だけでも閉めなければならなくなる。だからこそ、寺社や大名屋敷を賭場として借り、町奉行所の手入れを避けるのだが、老中の屋敷ほど安全なところはない。

「できるはずがない」

大きく天満屋孝吉は首をひねった。

大名の屋敷で賭場を黙認するのは、主《あるじ》が役目に就いていないのが前提であった。それが下屋敷であっても賭場が開かれているとなれば、主の出世にかかわる。役目に就いている場合は、無役よりも罪が重くなる。下手をすれば藩は潰された。そうなれば、藩士は皆浪人になるしかないのだ。賭場の開帳を黙認して、わずかばかりの金をもらっていても、割が合わなくなる。

「ちょっと出かけてくるよ」

天満屋孝吉は、店を出た。

「親方」

供に付いている仁吉が、縄張りをはずれたところで、声を潜めた。

「どうやら、向こうにも見られていたようだね」

二人の十間（約十八メートル）ほど後ろを数人の無頼が歩いていた。

「申しわけございません」

仁吉が詫びた。

水野越前守の下屋敷を見張っていた天満屋孝吉の配下が、後を尾《つ》けられていた。

「見覚えのある顔かい」

「このあたりでは、見かけやせん」

両国橋へ掛かりながら、仁吉が答えた。

「となると狂い犬の手下か」

「おそらく」

「まだあきらめていなかったか。しつこい野郎だ」

天満屋孝吉が苦い顔をした。

「どういたしやす」

「四人……ちと面倒だね。水屋《みずや》さんの手をお借りするとしよう」

「へい」

仁吉が同意した。

水屋藤兵衛《とうべえ》は、深川の顔役である。表向きは船宿を営んでいる。浅草の天満屋孝吉とは、縄張りが一部接していることもあり、親交があった。

「ちょっと」

橋を渡りきった天満屋孝吉は、橋番の一人に声をかけた。

両国橋には左右に橋番所があった。もともとは橋が架かることで仕事を失った渡し舟の船頭の救済から設けられたものだったが、その給金が良かったことから希望者が殺到し、享保四年（一七一九）に経費削減をもって官営の番所は廃止された。代わりに、民へ橋番所は移行された。両国橋の袂《たもと》で営業する髪結い床、辻商人の場所代をもって橋番所は経営されるようになり、かつてほどの威厳はなくなっていた。

「水屋さんへ使いに行っておくれな。これは駄賃《どこ》だよ」

すばやく天満屋孝吉は二朱握らせた。

「これはどうも」

橋番は喜んで走っていった。

「焦ってやすね」

仁吉が笑った。

天満屋孝吉が人を呼んだとわかった無頼の顔色が変わった。

「さすがにここで仕掛けてくるほど馬鹿じゃないだろうねえ」

民間になったとはいえ、橋番は町奉行所の下役である。番所に捕り物道具一式は置かれているし、暴れる者を抑えられるだけの者が数人詰めていた。

「逃げていきやすぜ」

あきらめた無頼たちが、橋を戻っていった。

「榊さまの屋敷へ、向かうよ」

仁吉を促して天満屋孝吉が歩き出した。

四

天満屋孝吉に知られたとの報は、その日の夜品川へ届けられた。

「少し派手にやり過ぎたか。まあいい。急《せ》かされてもいるし、潮時だ」

一太郎が立ちあがった。

「おい、目安箱が出るのは、明後日だったな」

「へい」

配下がうなずいた。

「水野越前守の下屋敷で博打がおこなわれていると書いて放りこんでこい」

目安箱は、毎月二日、十一日、二十一日の三日だけ評定所の表門脇に出される。目安箱は一夜評定所で保管された翌日、月番老中の手を経て将軍のもとへ届けられた。目安箱の鍵は将軍だけが持っており、差出人の住所氏名のないものはその場で破却され、それ以外を将軍が読んだ。

読み終えた将軍が、対処が要ると考えた案件は、担当役人へと回され、調査がなされた。

「となると水野越前の屋敷に目付の手が入るのは、早くて四日後か。よし、六日後にことを起こす。人を少しずつ移せ」

「承知しやした」

命じられた配下が手配に走った。

天満屋孝吉の話に、扇太郎は間を置かず動いた。さすがに深夜、水野家を訪れるわけにはいかないと、夜明けを待って井上兵部のもとへ急いだ。

「榊どの」

まもなく三田札の辻中屋敷というところで、扇太郎は呼び止められた。

「また貴殿か」

扇太郎は見慣れた小人目付の顔に嘆息した。

「目付どのがお呼びだというのだな」

「さよう。ご同道願おう」

小人目付が、促した。

「ご老中さまへ御用なのだが」

水野越前守の名前を出して、扇太郎は逃れようとした。

「それをお止めするように命じられている。強行されぬほうがよろしいぞ」

かつての同僚は厳しい顔で告げた。

小人目付は十五俵一人扶持と、役人のなかでもっとも薄禄である。長く勤めあげて、ようやく大番組の同心へ上がれれば御《おん》の字という、望みのない役目でもあった。そのなかで扇太郎は、闕所物奉行というとてつもない出世を遂げた。鳥居耀蔵の手引きとはいえ、望んでも届かない同僚たちにとって、扇太郎の境遇は妬《ねた》みの対象でしかなかった。

「わかった」

むだなときを過ごすわけにはいかなかった。水野越前守への罠がいつ発動するかわからないのだ。扇太郎は、小人目付の後に従った。

「念の入ったことだ」

いつのまにか、扇太郎の背後に、もう一人小人目付が付いていた。

小人目付に挟まれる形で扇太郎は、下谷新鳥見町へと来た。

「ここで待たれるがいい」

見張り一人を置いて、小人目付が庭へと回っていった。

「玄関から上がらせてもらえぬとはの」

「…………」

嘆息する扇太郎を、残った小人目付が睨みつけた。

「すべて先に儂へ報告せよと申しつけたはずだ」

足音も高く玄関へ出てきた鳥居耀蔵が、いきなり怒鳴りつけた。

「一刻を争いましたので」

扇太郎は、悪びれなかった。

「言え」

「よろしいのか」

左右に控えている小人目付を扇太郎は見た。

「放れ」

冷たく鳥居耀蔵が手を振った。

「同じ走狗か」

顔色も変えず、離れて行く小人目付に、扇太郎は己を映していた。

「話せ」

「……昨日……」

一瞬ためらった扇太郎だったが、あきらめて告げた。

「越前守さまの下屋敷で賭博だと」

聞いた鳥居耀蔵の様子が変わった。

「偽りではないだろうな」

「天満屋が確認して、報せてくれましたので」

確認する鳥居耀蔵へ、扇太郎は返答した。

「あの者か」

鳥居耀蔵が渋い顔をした。

「お自らご確認なされましては」

面倒になった扇太郎は、投げ出した。

「当然だ。ただちに小人目付を……」

言いかけた鳥居耀蔵が止まった。

「……なにか」

「今日は何日だ」

「えっ」

一瞬、扇太郎は鳥居耀蔵がなにを言っているのかわからなかった。

「何日だと訊いている」

「十日でございますが」

「……明日か」

鳥居耀蔵が苦い顔をした。

「明日なにかございましたか」

「目安箱じゃ。ときがない」

問う扇太郎へ、鳥居耀蔵が告げた。

「目安箱か」

扇太郎も理解した。

「上様がどうなさるかだが」

目安箱を開けて最初になかを見るのは十二代将軍家慶である。家慶は水野越前守を重用して、老中筆頭としている。寵臣の傷になるような投書を取りあげるとは思えないが、水野越前守への信頼にひびが入るかも知れなかった。

取りあげられなかった投書は、当番の小姓《こしょう》によって焼き捨てられる決まりである。

「上様の小姓には、水野美濃守の息が……」

鳥居耀蔵が目を閉じた。長く家斉の側近として仕えた水野美濃守忠篤は、家斉と仲の悪かった家慶を見張るため、小姓に息のかかった者を入れていた。家斉が死んだことでその役目としての意味がなくなったこともあり、小姓の交代はまだすんでいない。

「……………」

小人目付として鳥居耀蔵に仕えた扇太郎は、目を閉じたときの集中を知っている。うかつに声をかければ、鋭い叱責が飛ぶ。

「小姓から御殿坊主へ話が漏れれば、一日で城内に拡がる」

鳥居耀蔵が独りごちた。

御用部屋にも入れる御殿坊主は、城内のどこにでも顔を出せる。誰が何役になる、どの大名がどこへ移されるなど、御殿坊主によって江戸城内に拡げられる噂は多い。

「越前守さまの足を引っ張ろうとしている者にとって、これは大きい。なにせ、目安箱という裏付けがあるのだ」

とくに家斉の死をもって追いこまれている連中にとってはかっこうの材料になる。

「儂は、今から越前守さまへお会いしてくる。そなたは、目安箱へ投書をさせぬようにせよ」

目を開けた鳥居耀蔵が命じた。

「無茶なことを。どれがその投書かなどわかりませぬ」

「すべてを防げ」

「無理でござる。一日一人で見張れるはずもありませぬ。なにより、目安箱には、番人が二人付くのでございますぞ。邪魔などしようものなら、わたくしが捕まりまする」

「それくらいのこと、どうでもよい。よいか。越前守さまの上知令が実らねば、幕府は崩れる」

「上知令……」

聞き慣れぬ言葉に扇太郎は首をかしげた。

「そなたごときが知っていい話ではない。ただ異国の脅威からこの日《ひ》の本《もと》を守り、幕府の体制を強化する唯一の方策である」

鳥居耀蔵があしらった。

「徳川百年のためだ。貴様一人の身など、比べるまでもあるまい」

「できぬことはできませぬ。それこそ小人目付たちを交代で張り付けたほうが確実でござろう」

「それでは、儂の手配だと知れるではないか」

「……………」

「儂はこれから町奉行となり、いずれは寺社奉行、若年寄と執政への道を進まねばならぬ。傷一つ付くわけにはいかぬ」

「なんと言われましょうとも、無理なことは無理でござる」

扇太郎は拒んだ。

「家を潰されてもか」

「やっても潰れるのならば、せぬほうがましでございましょう」

「屋島家も潰していいのだぞ。株《かぶ》を売ったとわかっておるのだ」

株とは、旗本の家の系図である。株を売るとは、町人を養子にして家を譲り、代わりに隠居後の生活の面倒を見てもらったり、借財を整理したりすることをいう。もちろん、幕府の法に触れ、売り買いした双方が罪になった。

「どうぞ。かかわりはございませぬので」

脅しにも扇太郎は屈しなかった。

「ええい、小人目付」

業《ごう》を煮やした鳥居耀蔵が、離れていた小人目付たちを呼んだ。

「儂は今から出かけてくる。この者を屋敷から出さぬように見張っておれ。もし、逃がせば、おまえたちもただではすまさぬ」

「はっ」

小人目付たちがうなずいた。

「榊氏、申しわけないが、大人しくしていただこう」

年嵩《としかさ》の小人目付が言った。

「おぬしに逃げられれば、儂らも咎められる。侍ともいえぬ身分ではあるが、これで一家四人喰っておる。老いた母は病弱でな」

もう一人の小人目付が身の上を話した。

「わかっておる」

己一人の身ならば、どうとでもなる。小人目付二人の運命まで押しつけられては無理できなかった。扇太郎は大人しくすると宣した。

老中の多忙さは、筆舌に尽くし難い。幕政のすべてを扱うだけでなく、目通りを願う役人、大名たちとの応接もしなければならない。家慶から呼び出されれば、政策の説明に行くこともある。茶の一杯を飲むのも、厠へ行くのも困難なほどであった。

「目付鳥居耀蔵さま、お目通りをと」

「……………」

勘定奉行から回ってきた書付に朱を入れていた水野越前守は、御殿坊主の声を無視した。

「火急の件で是非にと」

「明日にいたせと伝えよ」

面倒臭そうに水野越前守があしらった。

「ご老中さま」

一度退いた御殿坊主が、またやって来た。

「うるさい。何度言えばわかるのだ。儂は今忙しい」

「ご無礼を」

御殿坊主が膝行《しっこう》して近づいてきた。

御用部屋は、互いが見えないよう、各老中ごとに屛風《びょうぶ》で仕切られている。そのなかまで御殿坊主が入ってきた。

「……なんだ」

咎めることなく、水野越前守が顔を上げた。

「畏れ入りまする」

御殿坊主が声を潜めた。

「水野家にかかわる一大事だそうでございまする」

「……そうか。では、これだけ片付けていく。しばし外で待てと申せ」

慌てず水野越前守が、執務へ戻った。

「まだか……」

御用部屋へは、目付でも入ることはできなかった。一刻（約二時間）近く待たされた鳥居耀蔵が焦《じ》れた。

「なんじゃ」

ようやく水野越前守が御用部屋から出てきた。

「他人目をはばかりまする」

鳥居耀蔵が場所を移したいと言った。

「黒書院隅でよいな」

言って水野越前守が歩き出した。

黒書院隅は、中庭へ面して張り出した小部屋である。盗み聞きされる怖れがないことから、老中が密談によく使った。

「申せ」

座るのも惜しいと、水野越前守が急かした。

「赤坂薬研坂のお屋敷で……」

鳥居耀蔵が語った。

「なにっ」

さすがの水野越前守も驚きの声をあげた。

「馬鹿な。そのようなことをするはずもない」

「残念ながら、事実でございまする」

水野越前守の否定に、鳥居耀蔵が首を振った。

「……どうやって、そちが知った」

ぐっと水野越前守が睨みつけた。

「上屋敷に人を付けているのは知っていた。しかし、儂も滅多に行かぬ下屋敷まで手を回せるほど人手に余裕はあるまい」

「目付でございますれば」

「ごまかすな。ふん。闕所物奉行であろう」

「………」

見抜かれた鳥居耀蔵が黙った。

「闕所は人の暗い部分を見る。江戸の闇を知るに闕所物奉行ほど適した役はあるまい。もっとも、それに気づける者は少ないがな」

水野越前守が、黒書院隅の襖《ふすま》へ手をかけた。

「越前守さま。明日目安箱が出されまする」

鳥居耀蔵が言った。

「わかっておる。手は儂が打っておく。このていどのこと、予《あらかじ》めわかっていれば、どうとでもできる。ご苦労であった」

余裕を持って水野越前守が答えた。

「鳥居」

出て行きかけた水野越前守が足を止めた。

「愚かな手出しをするな。儂はそれなりにおぬしを買っておる。闕所物奉行は、儂がもらう。よいな。もちろん、代金は払う。次の町奉行はそなたに任せる」

「……はっ」

深く鳥居耀蔵が、頭を垂れた。

「水野美濃守や、林肥後守にできることではないな。良くも悪くもあの連中は、大名。闇にはまったくつうじていない。となると、一太郎か」

黒書院隅を後にした水野越前守は、家慶のいる御休息之間へと向かった。

「お目通りを」

老中筆頭といえども、御側御用取次へ頼まなければ、将軍へ会えなかった。といったところで、御側御用取次は将軍の側近である。家慶の寵臣、水野越前守を止めることはなかった。

「お目通りを許されまする」

すぐに御休息之間へと通された。

「なんじゃ、越前」

家慶の機嫌は良かった。

長く圧迫してきた父大御所家斉が死んで、ようやく家慶は思うような政をおこなえるようになっていた。

「お人払いを」

「珍しいことを言うものじゃな。わかった。一同遠慮せい」

家慶が命じた。

「ですがお二人きりというのは警固のうえからも……」

「躬《み》の言葉に従えぬと申すか」

渋った小姓を家慶が睨みつけた。

「いえ」

急いで小姓が出て行った。

「まったく、将軍の言をなんだと思っておるのだ」

家慶が不満を口にした。

「まあよいわ。で、どうしたのだ」

寵臣へ、家慶が問うた。

「情けなきことでございまするが……」

水野越前守が語った。

「つきましては上様」

策を水野越前守が述べた。

「なるほどの。目安箱の書状を捨てるよりは確実じゃ。わかった」

家慶がうなずいた。

「憎らしいことをしてくれるの、一太郎とやらは。捨てられたには捨てられただけのわけがある。それに気づかぬとは、たいした奴ではない。捨てられただけで忍従しておれば、生きて行くくらいは許してやったものを」

「………」

水野越前守は沈黙した。

「後腐れのないように、始末をいたせ。二度と八代様の血筋じゃなどと言い出す奴が出て来ぬようにな」

冷酷な施政者の顔で家慶が告げた。

「承知つかまつりましてございまする」

淡々と水野越前守が受けた。

第四章　決戦前夜

一

賭場には二種類あった。

一見《いちげん》を断り、知っている者だけで開き、御上の手が入るのをできるだけ避けようとするもの。もう一つが誰でも入れて、派手に儲けをあげようというものである。

もちろん派手にやると、目につきやすい。当然、御上への対策をしないと、あっという間に捕まってしまう。

ために、町奉行の手が入らない寺社や大名屋敷が賭場として使用されるのは当然の結果であった。しかし、水野越前守忠邦の倹約令は、金の無駄遣いでしかない博打へ厳しく対応しており、その影響を受けて寺社奉行の動きが活発となったことで、大名屋敷以外の賭場は、ほぼ閉じられた。

しかし、客は減らない。そのぶん、安全な大名屋敷へと人は流れる。とくに、倹約令を出した本人の屋敷ほど、安心な場所はない。

まだ開いて一カ月も経たないというのに、水野家下屋敷の賭場は、大人気であった。

「さあ、駒そろえてくださいよ。そろわなければ、この壺は流れやす。半方にあと二両、どなたかござんせんか。おっ、出してくださいやすか。では、壺開帳」

白い布の上に伏せられていた壺が、のけられた。

「五と二で七。半でござんす」

壺振りの左隣に控えていた中間が、声を張りあげた。

「では、丁方の駒を引きあげさせていただきやす。駒にお触れにならないようにお願いしやす」

駒方が丁に張られた駒を回収していく。

「おい、俺は半に張ったんだぞ」

一人の客が抵抗した。

「おふざけになっちゃいけません。あっしはしっかり、お客さんが丁と言われたのを聞いておりやすぜ」

中間が否定した。

「い、いや、まちがいない。俺は半に……」

そこまで言った客が黙った。いつのまにか、客の背中に別の中間が張りついていた。

「お客さん、隣の部屋でお話しいたしましょうか」

「え……」

「黙ってついてきな」

客の背中には匕首が当てられていた。

「お、俺の勘違いだった」

うろたえながら客が駒を押し出した。

「いいからついてくるんだよ」

無理矢理客を立たせて、中間が連れて行った。

「お騒がせをいたしやした。では、半方のお客様へ、駒をお配りいたしやする」

手元に駒を集めた中間が勝ったほうの駒を確認しながら配分した。

「みょうなのが来るようになったな」

中間頭伊吉が渋い顔をした。

「それだけ、ここの賭場が有名になった証拠で」

五助が笑った。

「たしかに。しかし、もったいない。あと五日だろ、ここも。稼げるうちに稼いでおかないといけない。あんなのは、足を引っ張るだけだ」

「それはそうでござんすね。この賭場の儲けは、全部、あっしらのものにしていいと、親方がおっしゃってくださいやしたし」

伊吉の言葉に、五助もうなずいた。

「そろそろ入り口で金調べをするか」

金調べとは、賭場に来た客が、一定以上の金額を持参しているかどうかを確認することである。支払い能力の確認とともに、なかで因縁を付けて幾ばくかの小遣いにしようとする無頼を排除する目的でおこなわれた。もっとも、これをし出すと、負けのこんだ常連客を足止めすることにもなり、賭場の人気は落ちた。

「潰すとわかっていやすからね。金を貸しても返してもらうわけにはいきやせんし。明日からそうしましょう」

五助が同意した。

「下屋敷の両刀差しは、大丈夫か」

「もちろんで。十分に鼻薬を利かしてありやすし。言うことを聞かない奴は、家族をどうするかわからねえと脅してありやす。それに最初から今月いっぱいで出て行くと伝えてありやすので」

一太郎の計画は、あと十五日ほど先であったが、林肥後守忠英や水野美濃守忠篤の立場が危うくなったため、かなり前倒しされていた。

「見て見ぬ振りか」

「侍といっても弱いもので」

二人が顔を見合わせた。

「そろそろ仕舞い盆にしようか」

「夜半も過ぎやしたし」

朝まで開いている賭場もあるが、それほど人手を遣っていない水野家下屋敷の賭場は、子の刻（午前零時ごろ）過ぎまでであった。伊吉が、賭場の終わりを告げた。

「ここで終わるのは殺生《せっしょう》だ。ようやく目が出だしたのに」

「あと一番、十両、五両でいい。貸してくれ」

負けている客が不満を言ったが、伊吉は取り合わなかった。

「目の出ない日は、一度気分を変えなさるがよろしい。明日のお店《たな》にもかかわりましょう」

他の賭場のように、客に金を貸し、法外な利子を取って儲けるわけには、いかないのだ。

それだけの余裕はもうない。伊吉は、さっさと盆をしまわせ、駒を換金した。

「明日はいつもどおり、暮れ六つ（午後六時ごろ）より開かせていただきまする」

「じゃあ、明日だね」

勝って機嫌のいい客が立ちあがった。

「そうしましょうか」

勝ち負けのほとんどない客が続いた。

「くっ」

そうなると、負けた客も帰らざるを得なくなった。

「今日の稼ぎは……」

伊吉が脇に置いている金箱をあさった。

「十、二十……二十四両と二分か。まあまあだね」

小判の束から一枚抜いて、伊吉が手近にいた中間へ渡した。

「酒をなんとかしてきな」

「へい。酒屋を叩き起こしてきやす」

勇んで若い中間が出て行った。

「うわっ、手入れだ」

出て行った若い中間の悲鳴が聞こえた。

「なんだと」

「どうした」

伊吉と五助が驚愕した。

「……………」

襖が外から蹴《け》り破られた。

「だ、誰でい」

入ってきた襷《たすき》掛けの侍に、五助がおののいた。

「足軽目付高田一郎太である。中間ども、神妙にいたせ」

「げっ」

伊吉が絶句した。

足軽目付とは、その名のとおり、藩で身分の低い者を取り締まる役目である。武芸に秀でた軽輩が選ばれ、手向かいする者は討ち取ることも許されていた。

「畜生め、ばれやがった」

慌てふためいて中間たちが逃げようとした。

「討ち果たせ」

冷静に高田が命じた。

中間部屋は足軽目付によって包囲されていた。

「うわっ」

逃げ出そうとした中間が、斬られた。

「た、助けて」

仲間が斬られた衝撃で腰を抜かした別の中間が、足軽目付を拝んだ。

「………」

無言の足軽目付に胸を突かれ、絶息した。

「皆殺しにするつもりだ。手向かえ。なんとか切り抜けて逃げろ」

伊吉が木刀を手にした。

武家奉公とはいえ、侍身分ではない中間に太刀や脇差《わきざし》は与えられない。代わりに中間には木刀一本が支給されていた。

「親方のもとへ、告げに……」

続けようとした五助へ、足軽目付が斬りつけた。

「くそっ」

かろうじて木刀で受けた五助だったが、度胸だけで木刀を振り回しても、修練を積んだ手練《てだ》れの足軽目付には敵《かな》わなかった。

「ぎゃっ」

右腕を肩から飛ばされて、五助が倒れた。

「うわっ」

「この野郎」

足軽目付たちが、一人一人中間を屠《ほふ》っていった。

「…………」

一人残った伊吉が、汗を垂らした。

「得物《えもの》を捨てよ。正直にすべてを話せば、命だけは助けてやる」

「だまされるか。問答無用であいつらをやっておきながら、俺だけを逃がすだと。そんな手に乗るか」

伊吉が降伏勧告を蹴った。

「ならば、いたしかたあるまい」

高田が太刀を上段に構えた。

「ただでやられるか」

大きく木刀を振り回しながら、伊吉が迫った。

高田はかわし続けた。

「はあはあ……」

武芸など学んだことのない伊吉の息があがった。

「……こ、この」

荒い息をつきながら、伊吉が高田へ木刀をぶつけた。

「…………」

足捌《あしさば》きだけで高田が避けた。

「覚えてやがれ」

高田が目の前から消えた隙を伊吉が突いて走り出した。

「愚かな」

嘆息した高田が、手にしていた太刀を投げつけた。

「えっ」

背中から胸へ生えた切っ先を見て、伊吉が戸惑った。

「……冷てえ」

伊吉が死んだ。

「な、なにごとぞ」

これだけ騒げば、いかに広い下屋敷とはいえ、気づかれる。

下屋敷詰めの藩士が顔を出した。

「ひいっ」

惨状を見た藩士が息をのんだ。

「足軽目付高田である。下屋敷用人をこれへ」

目付は職務中、目上格上でも呼び捨てにできる。この下屋敷を預かる最高位の用人を高田が呼びつけた。

「……足軽目付……」

藩士が急いで出て行った。

「こやつらをどういたしましょう」

別の足軽目付が、死体を示した。

「投げ込み寺へ捨てればよかろう」

高田が答えた。

「なにごとぞ」

「申さずともわかるはず」

やって来た下屋敷用人へ、高田が顔を向けた。

「殿はお怒りである」

「………」

冷たく告げられた下屋敷用人が崩れ落ちた。

二

目の前に置かれた目安箱へ、家慶が鍵を差した。

鍵は守り袋に入れられ、肌身離さず将軍が持っており、予備はない。この鍵だけが、目安箱を開けられた。

「三通か」

家慶が確認した。

住所と氏名を明記することとなって以来、投書は減っていた。これは一時期、他人の中傷ばかりが投書されたため、それを防ぐようにと決められたものであった。

「少し離れよ」

側近くにいた小姓へ、家慶が命じた。

「はっ」

手に漆塗《うるし》りの盆を捧げた小姓が半間《はんげん》(約九十センチメートル)ほど下がった。この盆に、家慶は不要と判断した投書を入れ、小姓はそれを御休息之間の隣、囲炉裏《いろり》の間で焼くのである。

「ふむ……」

一通目を読んだ家慶が、顔を上げた。

「勘定奉行をこれへ」

将軍のお召しである。多忙な勘定奉行も、急いで参上した。

「目安箱に入れられていたものである。浅草の米蔵に残された昨年以前の米の使用法について書いてある。使えるかどうか、調べよ」

「はっ」

勘定奉行が書付を受け取った。

「次は……」

二通目を読んだ家慶が、小姓を目で招いた。

「……………」

盆を捧げて小姓が近づいた。

「不要である」

なかが見えぬように、折り曲げて家慶が盆へと投書を入れた。

「下がれ」

もう一度小姓を退かせて、最後の一通を家慶が開いた。

「水野越前守を」

家慶が名指しで呼んだ。

「ただちに」

御側御用取次が、出て行った。

「お呼びでございまするか」

まもなく水野越前守忠邦が伺候《しこう》した。

「これを、そなたに任せる」

投書を家慶が差し出した。

「…………」

すっと小姓が近づき、投書を受け取ろうとした。

「たわけが。目安箱のなかの投書は、将軍と担当役以外触れてはならぬ」

「存じおりまするが、越前守までは遠いかと」

小姓が言いわけをした。

御休息之間では、老中であろうが御三家であろうが敬称はつけられない。また、特段の許しがない限り、将軍の座する上段の間へ入ることは許されなかった。

「越前守が来ればすむ」

家慶が水野越前守を招いた。

「ご無礼を」

水野越前守が膝行し、家慶の手から投書を受け取った。

「拝見」

投書を水野越前守が開いた。

「どうじゃ」

「大事ございませぬ。これならば、先だってより手を打っておりますれば、上様のお心を煩《わずら》わせるほどのこともございませぬ」

水野越前守が胸を張った。

「そうか。任せる」

「承知つかまつりましてございまする」

投書を懐へしまった水野越前守が平伏した。

こうしてしまえば、投書はもう誰の目にも触れなくなる。水野越前守の下屋敷で賭場が開かれていたとの投書は、当事者の手により握り潰された。

「あの小姓、替えねばならぬな」

水野越前守は、投書へ手を伸ばした小姓の顔を忘れていなかった。

「まったく、死んでからも迷惑なお方だ」

大御所家斉の影響は、幕府に根強く残っていた。

「これで下屋敷の一件は終わった」

下屋敷詰めの家臣たちは、すべて上屋敷へ監禁して、新しい者と入れ替えた。中間は始末し、中屋敷などから信用のおける者を出した。これで水野越前守の屋敷で賭博があったと知っているのは、客だけになった。客が、水野越前守の下屋敷で博打をしていましたと言うはずもない。己が罪になる。

「やはり品川か。亡霊は亡霊らしく、表に出ず、闇に潜んでいればいいものを」

投書に記された住所を見た水野越前守が、憎々しげに言った。

「闇と戦うには、闇をよく知る者でなければならぬ。榊にさせるか」

水野越前守が呟いた。

水野越前守を陥れる策が破れたと、最初に知ったのは、水野美濃守であった。かねてから恩を売ってあった小姓が、目安箱のなかに投書がなかったと報告したのだ。

「唯一、上様が廃棄を命じられたものは、勘定方への誹謗《ひぼう》でございました」

小姓は、中身が見えないようにと折りたたまれた投書を、しっかり開いていた。

「馬鹿な」

水野美濃守が唖然《あぜん》とした。

「様子を話せ」

「いつものように目安箱が上様のもとへ……」

一部始終を小姓が語った。

「くっ。あらかじめ上様と越前の間に話ができていたな」

聞き終わった水野美濃守が見抜いた。

「では、あの水野越前守さまへ渡されたものが」

小姓が目を剝いた。

「策が漏れたか。一太郎め、やはり市井の者は信用できぬ」

「どういたしましょうや。わたくしが水野家の下屋敷で賭場がと申し立てましょうか。その代わり、越前守を失脚させたおりには、わたくしめを長崎奉行に……」

「もう遅いわ。目安箱の策が見抜かれていたのだ。とうに下屋敷の始末など終わっておろう」

　提案に水野美濃守が首を振った。

「ご苦労であった」

　憤懣《ふんまん》やるかたない顔で、水野美濃守が小姓を追い返した。

「矢部駿河守を」

　水野美濃守が用人へ命じた。

　町奉行は多忙である。呼ばれたからといってすぐには来なかった。

「遅くなりました」

　矢部駿河守定謙が、水野美濃守のもとへ顔を出したのは、暮れ六つを大きく過ぎてからであった。

「少し訊きたいことがある。赤坂薬研坂の水野家下屋敷で賭場が開かれているとの話はあったか」

「……ございました」

　問われて矢部駿河守が首肯した。

「大名屋敷ゆえ手入れはできまいが、目付へ報せるなりできたであろう」

　水野美濃守が矢部駿河守を咎めた。

「噂だけでご老中さまを訴えるなど、できませぬ」

「かかわっている中間なり、客を押さえればよかろうが」

首を振る矢部駿河守へ水野美濃守が迫った。

「中間は武家の奉公人でございまする。町奉行所ではどうしようもございませぬ。また、出入りしている客も名の知れた商家の主が多く、迂闊な手出しは難しゅうございまする」

「中間はいたしかたないにしても町人はどうにでもできよう。駿河守、おぬしを大坂町奉行から江戸へ戻してやったのは、儂である」

「かたじけなく思っておりまする」

旧恩を思い出さされた矢部駿河守が、一礼した。

「水野家下屋敷で賭博に興じた町人どもを捕まえよ」

「……難しゅうございまする。与力同心どもは、町人より金銭を受け取っておりますれば……」

「それをどうにかしてみせるのが、貴殿の腕であろう。町奉行は、町方役人を統《す》べるのだぞ」

「わかってはおりまするが、町方というのは特殊な……」

「できぬのならば、町奉行としての能力に欠けると考えていいのだな」

「それは……」

冷たく言われた矢部駿河守が絶句した。

「無能で職を追われた役人は惨めぞ。小普請組《こぶしんぐみ》に戻るだけでなく、禄高も減らされる。懲罰小普請となれば、二度と浮かびあがることはない。そして、おぬしの子も、終生日の目を浴びぬこととなる」

「……………」

水野美濃守の脅しに、矢部駿河守の顔色が変わった。

「ここに、水野越前守の下屋敷へ出入りしていた町人どもの名前を書いたものがある。これをどう使うかは、任せる」

一太郎からの報告にあった町人の名前を書いた紙を水野美濃守は、矢部駿河守へ渡した。

「失望させてくれるな」

そう言って水野美濃守は手を振って、矢部駿河守を帰した。

翌日、南町奉行矢部駿河守が、与力、同心を集めた。

「昨今、御上の法に反しているにもかかわらず、博打に手を出す者が多いという。博打は倹約令云々《うんぬん》の前に、よくないことである。今後南町奉行所は、厳しく対応せよ。手始めに、賭場へ出入りしていた町人たちを捕まえ、その場所、規模、かかわった者を調べあげよ」

「お奉行」

言い終わった矢部駿河守へ、筆頭与力が異を述べた。

「博打にかかわる罪は、その場を押さえるのが決まりでございまする。出入りしていたというだけで捕まえるのは、問題でございまする」

「なにをいうか。みすみす犯罪を見逃すようでは、町奉行所の意味はない」

矢部駿河守が叱りつけた。

「では、捕まえましょうが、誰かもわかっておらねば、どうしようもございませぬ」

鼻白《はなじろ》んだ筆頭与力が、反論した。

「まずはこの者たちである」

水野美濃守から渡された書付を、矢部駿河守が筆頭与力へ見せた。

「……これをどこで」

筆頭与力が不審な顔をした。

「そのようなことはどうでもよい」

矢部駿河守が出所を明らかにするのを拒んだ。

「まちがいないのでございましょうな。もし冤罪《えんざい》となりますと、お奉行さまのお身にもかかわりますぞ」

厳しい声で筆頭与力が確認した。

「確実である。おぬしたちは、儂の命に従えばいいのだ。さっさと行かぬか」

「承知いたしましてござる。一同、奉行所で打ち合わせをいたそう」

筆頭与力の合図で、全員が退出した。

町奉行の役宅から奉行所へ戻った与力と同心は、書付に載っている名前を見て嘆息した。

「拙者の出入り先じゃ」

「儂の出入りもある」

出入りとは、なにかあったときに便宜を図ってもらおうと考えた者が町奉行所の与力、同心へ、節季ごとに付け届けをすることである。薄禄の町方役人が、身分以上の贅沢ができるのは、この出入りのおかげである。

「奉行の命とならば、放置するわけにもいかぬ」

「かといって、賭場へ通っていただろうというだけで引っ張ったりしたら、出入りを止められるぞ」

町方にとって、出入りは命の綱であった。

「それをわかったうえで、お奉行は……」

一人の与力が恨みを口にした。

「どうせ、あの奉行も長くあるまい。倹約令を守るつもりがないのだ。そのうち、ご老中さまの不興を買って飛ばされよう。それまでの辛抱だ」

筆頭与力がなぐさめた。

「いつでござる。出入り先を失うのは今なのでございますぞ。今年は息子を見習いに出すつもりでござった。なにかと金が要りまする」

同心が悲鳴をあげた。町方という特殊な任は、一日で覚えられるものではない。若いときから見習いとして務め、何年かののちに父の跡を継ぐことで、一人前の町方となる。与力と違い、一代限りの抱《かか》え席である同心は、こういう形を取ることで、代々の継承を黙認されてきた。もちろん、息子を見習いに出すについては、上司である与力や筆頭同心などの許しが要り、挨拶として金を遣わなければならなかった。

「落ち着け」

ざわめく与力、同心へ、筆頭与力が落ち着けと言った。

「名前のあった者の出入り先は、すぐに報せに走れ。そのとき、知らぬ存ぜぬでとおすように念を押しておけ」

「では……」

与力同心たちが、顔を上げた。

「証がなにもないのだ。小伝馬町《こでんま》の牢屋敷へ送れるわけなどない」

町奉行所が捕らえた罪人は、簡単な調べの後入牢証文《じゅろう》をつけて小伝馬町の牢屋敷へと送らなければならない。すでに牢屋敷は満杯なのだ。一人や二人ならば、なんとかごまかせても、十名をこえれば無理であった。そんなに大量に罪人を送れば、牢奉行から問い合わせが来る。それに答えるだけのものを、町奉行所は持っていない。なにより、出入りをするだけの裕福な町人である。町奉行所以外にも伝手はある。大名家の御用達《ごようたし》もいるのだ。そちらから幕閣へ問い合わせでもされれば終わりであった。

「とりあえず、大番屋まで来てもらい、話を訊く。そこまですればよかろう。これ以上無理を押そうとするならば、こちらとしても肚をくくることになる」

筆頭与力の言葉に一同がうなずいた。

「数年で転属していく奉行は、町方の主ではない。我らこそ町方である。町奉行など我らがいなければ、なに一つできないのだ」

「そうでござる」

一同が賛した。

「では、散会」

与力、同心たちが、立ちあがった。

三

老中水野越前守より呼び出された扇太郎は、一太郎の排除を命じられた。

「どのような形でもよい。二度と八代さまの亡霊が現れぬようにいたせ」

「品川では、あちらが優勢でございまする。先年と同じことになりかねませぬ」

扇太郎は拒絶しようとした。

「代官には、釘を刺してある。安心せよ」

手は打ってあると水野越前守が告げた。

「ですが、闕所物奉行所に人手はございませぬ。手代たちがおりまするが、皆、文には長《た》けておりましても、刀の持ちようも知りませぬ」

もう一度扇太郎は断ろうとした。

「なんのために闕所物奉行をしておるのだ。一太郎のことを快く思わぬ者のことなどいくらでも知っておろう。その者たちを遣え」

「…………」

扇太郎は沈黙した。

「余が知らぬとでも思ったのか。闕所物奉行は幕政の闇にかかわる。そして幕政の闇は江戸の闇でもある。幕臣でそなたほど闇に近いものはおらぬのだぞ」

「……お願いがございまする」

「申せ」

水野越前守が扇太郎を促した。

「一太郎の一件が終わりましたら、闕所物奉行を辞めさせていただきたく」

扇太郎が水野越前守を見上げた。

「考えておこう」

水野越前守が述べた。

「なにとぞ」

「行け」

重ねて嘆願する扇太郎を水野越前守が急かした。

「くっ。見抜かれていたか」

水野美濃守から賭場が潰されたと教えられた一太郎が臍《ほぞ》をかんだ。

「急ぎすぎたな」

本来ならば、目立たぬように進行していくはずだった。それが水野美濃守らの事情で前倒しになった。ために、どうしても動きが大きくなり、気づかれてしまった。

「誰のせいだと思ってやがる」

叱責《しっせき》の手紙を寄こした水野美濃守を罵りながら、一太郎は決意した。

「走り出した馬を今さら止めるわけにはいかない。このまま勢いを付け、止めようとする奴をはね飛ばす」

「へい」

紀州へ向かわせた番頭の代わりに、遣っている手代の小次郎《こじろう》がうなずいた。

「手配はどうなってる」

「すでに八十名のうち六十名は江戸へ行きましてございまする。吉原へ客として向かわせる予定の者、二十名がまだ残っておりまする」

「よし、連中に金を持たせて吉原へ行かせろ。三浦屋、西田屋へ客として揚がらせるんだ。決行は、明日の深夜。鐘を合図に始める。他の者へも通達を忘れるな」

「ここがもぬけの殻になりやすが、よろしいのでしょうか」

小次郎が気遣った。

「構うものか。勝てば江戸が儂のものになる。負ければ、紀州へ逃げて雌伏《しふく》する。どちらにせよ、品川にもう用はない」

あっさりと一太郎が首を振った。

「承知いたしました」

それ以上言うことなく、小次郎が頭を下げた。

水野越前守のもとを下がった扇太郎は、まず三田札の辻の中屋敷を訪れた。

「井上兵部どののお長屋へ」

「どうぞ」

もう門番足軽とも顔馴染みであった。

「ごめん」

井上家の玄関で、訪《おとな》いを入れた扇太郎を出迎えたのは朱鷺であった。

「どなたさ……」

朱鷺が大きく目を見張った。

「少し顔を見たくなった」

「どうぞ、お上がりを」

「いや、いい」

勧める朱鷺へ扇太郎は首を振った。

「今から出かけねばならぬ。近くに来たので、寄っただけだ」

「…………」

じっと朱鷺が扇太郎を見つめた。

「……嘘」

朱鷺が呟いた。

「嘘をつくとき、あなたは眉をしかめる」

「…………」

今度は扇太郎が黙った。

「また無茶をする気」

冷たい声で朱鷺が言った。

「いや……」

それ以上扇太郎は言葉を出せなかった。

「逃げては駄目なの」

朱鷺が問うた。

「江戸にいなくてもいい。どこかの山奥でも、海辺でも、生きて行くくらいならできる」

身体を売ったことのある女は強い。よほど男よりも肚が据わっていた。

「苦労をさせたくない」

扇太郎が述べた。

「馬鹿。生きていなければ苦も楽もない。あなたが死ねば、わたしは吉原へ行く」

「なにを……」

宣する朱鷺に、扇太郎は絶句した。遊女としての辛さを知っている朱鷺が、みずから苦《く》界《がい》へ身を沈めると言うなど思ってもいなかった。

「身体を売ることしか、わたしは知らない」

朱鷺が小さく笑った。

「女を甘く見ないことでござるな」

扇太郎の後ろから井上兵部の声がした。

「帰っておられたのか。お邪魔しておりもうす」

振り向いた扇太郎が一礼した。

「殿でございましょう」

井上兵部が嘆息した。

「ご存じで」

「いいえ。わたくしにそういう話はなさいませぬ。わたくしと榊どのでは近すぎますのでな」

「では、朱鷺のことをお願いいたしまする」

扇太郎が頼んだ。

「ご免でござる」

はっきりと井上兵部が拒否した。

「貴殿が朱鷺を迎えに来なければ、ことは失敗。殿の御身も危ないことになっておりましょう。その原因を作った者の関係者など、預かってはおられませぬからな。吉原へ売るとしましょう」

「井上どの」

淡々と言う井上兵部へ、扇太郎が咎めの声をあげた。

「それが嫌ならば、生きて帰ってこられよ」

井上兵部が扇太郎の手を握った。

「……努力しましょう」

扇太郎も握り返した。

「行かさない」

朱鷺が扇太郎の袖を摑んだ。

「……朱鷺」

そっと朱鷺の手を解《ほど》いたのは、井上兵部の妻であった。

「男にはしなければならないときがありまする」

「でも……」

「あなたは、榊さまを死なせるのですね」

言い返そうとする朱鷺へ、井上の妻が厳しい表情をした。

「えっ……」

「逃げてはいけないところから背を向けた男というのは、心が死にまする。身体は生きていても、何もする気にならず、ただ無為に日々を過ごすだけになってしまうのですよ」

唖然とする朱鷺へ、井上の妻が続けた。

「ぬけがらのようになった榊さまをあなたは見たいのですか」

「…………」

強く朱鷺が首を振った。

「女は、男の留守をしっかりと守らねばなりませぬ。男というのは、一度家を出てしまうとなにをしているかわかりませぬからね」

ちらと井上の妻が夫の顔を見た。

「……おい」

気まずそうに井上兵部がたしなめた。

「でも、それでもいいのですよ。結局、男は妻のところへ帰ってくるのですから。そう、妻の仕事は、男の帰ってくる場所を守ること」

「帰ってくる場所……」

朱鷺が繰り返した。

「榊さまの帰ってくる場所は、あなたなのですよ。なにがあっても帰りたい。そう男に思わせなければなりません。世間にはいろいろな誘惑がありまする。それらに妻は勝つ。その覚悟ができないのならば、榊さまのことはあきらめなさい。わたくしが、釣り合ったお相手を探してさしあげまする」

井上の妻が告げた。

「それは嫌」

大きく朱鷺が首を振った。

「ならば、堂々と送り出してあげなさい。未練を見せるのは武家の女の恥」

「……はい」

扇太郎の袖から手を離した朱鷺が、背筋を伸ばした。

「行ってらっしゃいませ。お早いお帰りをお待ちしておりまする」

腰を折り曲げて、朱鷺が礼をした。

「行ってくる」

首肯して扇太郎は背を向けた。

「屋敷の外までご一緒いたしましょう」

井上兵部が、先に立った。

「よく辛抱しましたね」

二人の姿が見えなくなって、井上の妻が朱鷺を褒めた。

「…………」

うつむいたままで朱鷺が泣いていた。

「もし榊さまに万一があれば、生涯その菩提《ぼだい》を弔《とむら》ってあげなさい。それが、送り出した妻の責任なのですから。他家へ嫁に行くとか、奉公に出るなどは、妻としての覚悟を疑われますよ」

井上の妻が朱鷺の背中を抱いた。

「榊さまがお戻りになられたら祝言《しゅうげん》となりましょう。よき妻となれるように、学ぶときは余りありませぬ。さあ、お裁縫をしますよ」

「……はい」

促された朱鷺がうなずいた。

中屋敷の門を出たところで、井上兵部が足を止めた。

「榊どの」

深々と井上兵部が頭を下げた。

「主の無理、よろしくお願い申しあげまする」

「…………」

扇太郎はなんとも答えられなかった。井上兵部は水野越前守の家臣なのだ。主君の意志には逆らえない。扇太郎は恨み言を言うわけにもいかず、たいしたことではないと笑うわけにもいかなかった。

「政をしたいために、二十万石ともいわれた唐津《からつ》を捨て、六万石の浜松を選んだお方でございまする。これも私意ではなく、真に幕府の先を見据えてのこと」

「お止《や》めくだされ、井上どの」

主の弁護をする井上兵部を扇太郎は制した。

「八十俵の御家人に政の話をされても困りまする。我ら薄禄の者は、ただ御上の言われるとおりに生きて行くだけ。世のなかを変えようとか、幕府を支えようなどと思ったことなど一度もござらぬ」

冷たく扇太郎は語った。

「ただ明日、一日だけの先があればよい」

「…………」

井上兵部が言葉を失った。

「民のための政だと仰せられるなら、明日がある。その保証だけをしてくだされればいい。生きてもおらぬ百年先の心配などする余裕はござらぬ」

「……榊どの」

「朱鷺との明日。それを得るために、拙者は出向きまする。決して越前守さまのためでも、幕府百年のためでもござらぬ」

扇太郎が宣した。

「朱鷺のこと、よろしくお願いいたしまする」

ていねいに腰を曲げて扇太郎は頼むと、歩き出した。

「たしかに承った」

脇差《わきざし》を抜いて、鍔《つば》鳴りさせて井上兵部が誓った。

金丁《きんちょう》、武士が命を賭けた約束であった。

しかし、扇太郎は振り向かなかった。


三田札の辻から浅草まではかなり遠かった。剣術で鍛えた扇太郎の足でも、今夜中に着くことは難しい。

扇太郎は、天満屋孝吉に会うのを明日にして、まず深川の顔役水屋藤兵衛を訪れた。

「これはお奉行さま。おめずらしい」

扇太郎の住んでいる深川安宅町も水屋藤兵衛の縄張りであるが、日頃かかわりになることはない。

「どうかなされ……」

問いかけた水屋藤兵衛の表情が変わった。

「なにがございました」

水屋藤兵衛が、扇太郎の緊張に気づいた。

「手を貸して欲しい」

扇太郎が頼んだ。

「事情をお聞かせ願えやすか」

「品川の一太郎を始末しなければならなくなった」

「…………」

聞いた水屋藤兵衛が、息をのんだ。

「天満屋さんには……」

「まだだ」

浅草へ行くのが後になった理由を扇太郎は告げた。

「ご老中さまのお屋敷で賭場を……」

水屋藤兵衛が、絶句した。

「吉原にも手を入れたらしい」

「……なんと」

先ほどより、水屋藤兵衛が驚愕した。

「人を捨てましたか。本気ですな」

水屋藤兵衛が納得した。

「まちがいなく血が流れましょう。わたくし一人では、ご返事いたしかねまする」

「当然だな」

扇太郎は理解した。

江戸の顔役は全部で八人居た。日本橋の飛脚《ひきゃく》問屋伊豆屋兼衛門《いずやかねえもん》を筆頭とし、互いの縄張りを侵すことなく、それぞれの支配地を治めていた。

といったところで、武家地は縄張り内にあっても管轄外であり、顔役一人の勢力は、品川宿全部を押さえている一太郎に及ばなかった。

また、町奉行所の目もあり、露骨に無頼を抱えることもできず、人数としてもそれほどの配下を抱えてはいない。

「それに……」

水屋藤兵衛が声を潜めた。

「新宿が一太郎の手に落ちたという噂もございまする」

「……まずいな」

新宿も品川と同じく、江戸ではない。甲州街道最初の宿場町であり、町奉行所の目は届かない。

「新宿を見張るとなれば、四谷は動けませぬ」

「うむ」

品川の一太郎に対応している背後を突かれれば、ひとたまりもない。

四谷の顔役は戦力にならないと、扇太郎は知らされた。

「伊豆屋さんの考えが古いと反発する者もおりますので」

さらに水屋藤兵衛が、小さく首を振った。

江戸の顔役の筆頭は最初に開発された町である日本橋が代々受け継いできた。いかに勢力があろうとも、新開地である深川や本所《ほんじょ》などの顔役は、末席のままで、なにかのときに声を出しにくい状況であった。それに不満を持った顔役が、伊豆屋兼衛門への反発を強めていると水屋藤兵衛が述べた。

「深川のわたくしは、もっとも下でございますから、まああきらめもつくのでございますがね。顔役筆頭は就任年数によるべきだとか、支配している町屋の数で決めるべきだとかと言われる方もございまして。たしかにそれも一理ございまする。今の伊豆屋さんは、長く顔役をされておられるのでよろしゅうございますが、隠居されたのち、跡を継ぐのはまだ三十歳に満たない若旦那。顔役としての経験も浅いのに、代々日本橋が筆頭というだけで、皆の上に座る。経験のない者がいきなりやっていけるほど、顔役は甘いものではございませぬ」

不満を水屋藤兵衛も口にした。

「顔役は、その場所で名前をあげ、地の人に認められて初めてなれると天満屋から聞いた覚えがあるぞ」

「日本橋だけが別なのでございますよ。あのあたりで力を持っているのは、昔からの老舗《しにせ》、そう、白木屋さんとか大黒屋さんでございまする。そして伊豆屋さんは、それらの大店《おおだな》と近い」

伊豆屋兼衛門は飛脚屋である。日本橋の大店は、江戸だけでなく、京、大坂などにも店を持ち、飛脚を繁雑に使う。当然伊豆屋と親しくなる。

「また大店ほど変化を嫌いまする。次の顔役が、どういう人物なのかわからない。そんな不確かさを許しませぬ」

「なるほどな。伊豆屋の跡取りと、子供のときから知り合っておけば、顔役になってからも扱いやすいと」

「さようで」

「それでは、不満が出て当然だな」

扇太郎は納得した。

「だけに、今回は伊豆屋さんを」

「通さぬほうがよさそうだ。となると、動けるのは、水屋どのと天満屋どのだけか。神田《かんだ》も使えたな。あそこの顔役は天満屋とかかわりがあったはずだ」

かつて神田の顔役であった上総屋《かずさや》は、浅草という繁華な町並みを手にしたがり、天満屋孝吉へちょっかいを出し、逆に命を落としていた。上総屋の跡を受けた次の顔役には、天満屋孝吉の息がかかった者が就任していた。

「だめでございましょう。顔役は替わり、一応の落ち着きを見せてはおりますが、よそ者である天満屋さんの口出しを快く思っていない者も多うございまする。戦いの最中に背中を刺されかねませぬ」

水屋藤兵衛が使えないと述べた。

「とにかく、天満屋さんとお話をされてからでございますな」

手伝うとの確約を水屋藤兵衛は口にしなかった。

四

「これで終わりだね」

なにもかもを持ち出して空となった廻船問屋紀州屋の店のなかを感慨深げに一太郎が見た。

「小次郎」

一太郎は、手代の小次郎を呼んだ。

「へい」

「これを最後の船に乗せて、届けておくれ」

懐から一太郎が古びた手紙と守り刀を取り出した。

「…………」

小次郎が息をのんだ。守り刀の鞘《さや》には紀州三葉葵《あおい》の紋が散らされていた。

「なんの役にも立たないものだが、先祖の遺物には違いない」

憎らしげに守り刀を睨みつけながらも、一太郎の手はそっと鞘を撫《な》でていた。

「後、これも頼むよ」

一太郎がもう一つ品物を小次郎へ渡した。

「お嬢さまへでございますな」

小次郎の手には小さな人形があった。

「…………」

それに一太郎は応えなかった。

「では、船に預けてまいりまする」

すべてを油紙に包んだ小次郎が、船着き場へと向かって行った。

「先生」

もう一人残っていた浪人へ、一太郎が顔を向けた。

「わかった。では、行くとしよう。親方、ずいぶんと世話になったな」

浪人が挨拶をした。

「ことが成った暁には、お訪ねくださいやし。先生には、ふさわしい身分を用意しておりますので」

「頼んだぞ。小役人とは申せ、旗本を斬るのだ。おぬしが勝ってくれねば、二度と江戸の地を踏めぬ。ではな」

軽く手を上げて浪人が出て行った。

「いよいよだ。大きな花火を上げてやろうじゃないか」

一人になった一太郎が、呟いた。


天満屋孝吉との話し合いはたった一言だけですんだ。

「代官所は」

「水野越前守さまが、抑えてくださった」

「ならば、結構で。そろそろ一太郎の野郎に引導を渡さなければと思っていたところで」

殺気の籠もった目で天満屋孝吉が言った。

「そういえば、品川に人を入れていたはずだな」

扇太郎は問うた。

「……三日前から連絡が取れなくなりました」

天満屋孝吉が苦い顔をした。

「やられたか」

扇太郎はさとった。

「一太郎はいつ動くと思う」

「遠い話じゃございますまい。ここまであからさまになったのでございますからね。明日、いや、今夜でもおかしくはございません」

「…………」

余裕のなさに扇太郎は、天を仰いだ。

「準備に入りますので、これにて。なにかわかれば人をやりまする」

「頼んだ」

天満屋孝吉に別れを告げた扇太郎は、研ぎ師のもとを訪れた。

「また人でも斬りなさったか」

研ぎ師は扇太郎を覚えていた。

「今日は、この刀を白研ぎにしてもらいに来た」

扇太郎は太刀を研ぎ師へ渡した。

「……正気でやすかい」

太刀を抜いた研ぎ師が、あきれた。

扇太郎の太刀は正宗《まさむね》であった。とある闕所で出てきたが、競売にかけるとつごうの悪い来歴であったため、分け前の代わりとして扇太郎のものとなった。

「こんな名刀は、使うんじゃなくて飾っておくものでございますよ。どれほどの名刀でも、斬れば刃こぼれしますし、本身に反りが出たりいたしやす。人を斬るのに正宗は要りやせん。そのへんのなまくらをまめに取っ替えて使うほうがよほどましで」

研ぎ師が述べた。

白研ぎとは、鏡のように研ぎあげられている刀身に細かい傷を付けることである。銀色の刀身が白く濁ることから白研ぎと呼ばれ、刀の切れ味をあげた。その代わり、水気を吸いやすく、絶えず手入れをしていないとすぐに錆《さび》が浮いた。

「構わぬ。刀は斬れていくらだからな」

扇太郎は頓着しなかった。

「しばしお待ちを」

荒砥石《あらといし》に研ぎ師が太刀をあてた。

「刀というのは、人を斬る道具とわかってはおりますがね。今から人を斬るとわかっている刀の手入れをするのは、初めてで」

研ぎ師がため息をついた。

「すまぬな」

「よろしゅうございますよ。研ぎ師というのは、刀を活かすのが仕事で」

研ぎあげた太刀の水気を研ぎ師が拭いた。

「二朱いただきまする」

「これを。釣りはいらない」

一分金を扇太郎は払った。

「白研ぎは錆《さ》びやすうございまする。使ったならば、すぐにお持ちくださいやし」

「ああ」

太刀を腰に戻して、扇太郎はうなずいた。

深川は、複雑に水路が入り組んでいる関係から、あまり道の幅は広くなかった。ものを運ぶには大八車より舟を使えばいいのだ。表通りはまだいいが、少し入れば、人がすれ違うのもやっとになった。

天満屋孝吉の連絡を待つため、屋敷への道を急いでいた扇太郎は、辻の先でたたずんでいる浪人者に気づいた。

思わず足を止めるほど、浪人者の身体から剣気があふれていた。

「榊どのかな」

壮年の浪人者が立ちはだかった。

「いかにも。貴殿は」

応じながら扇太郎は、雪駄《せった》を脱いで足袋《たび》裸足《はだし》になった。少しの遅れが命取りになると思わせるほどの圧迫を、扇太郎は受けていた。

「北野忠左《ちゅうざ》と申す。見てのとおりの浪人者でござる」

ていねいに浪人者が名乗った。

「紀州屋どのに頼まれて、貴殿のお命を頂戴に参った」

淡々と浪人者が告げた。

「狂い犬の手か」

「もう十年以上のつきあいになりますかな」

言いながら浪人者が太刀を抜いた。

「胴太貫《どうたぬき》」

扇太郎が息をのんだ。胴太貫とは、普通の太刀より肉厚で重い。扱いにくいことこの上ないが、一撃の威力は鎧武者でさえ両断する。

「…………」

口をつぐんで扇太郎は太刀を抜いた。

「ほう。戦いになると準備しておられたか」

白研ぎされた扇太郎の太刀は、日の光をほとんど反射しない。

「結構なご覚悟でござる。昨今は、口ばかり達者な者が増えて、いささか辟易《へきえき》しておりましたのでな」

満足そうに北野が笑った。

「ふうむ」

間合いが五間《けん》（約九メートル）になったところで、北野が足を止めた。

「なかなかおできになるようだ」

「聞いてなかったのか」

「少し江戸を離れておりましたのでな。貴殿のことを耳にしたのは昨夜での」

北野が答えた。

「一太郎はどこにおる」

「朝は品川におりましたがな。今は知りませぬ」

あっさりと北野が明かした。

「一太郎はなにを企んでいる」

「拙者は、貴殿を殺せと頼まれただけで、なにも存じませぬ」

はっきりと北野が否定した。

「そんなはずはなかろう」

「事実でござる。知っていれば拙者の口から漏れるかも知れませぬ。それより、決めた仕事を完璧にこなさせるほうがたしかでござろう」

北野が諭すように語った。

「では、始めようか」

ゆっくりと北野が太刀を下段に降ろした。

「…………」

扇太郎は太刀を右脇に添わせた。

「それほどの腕を持ちながら、一太郎の飼い犬か」

「貴殿と同じだぞ」

北野が笑った。

「拙者は一太郎どのに仕えて、月に十両もらっている」

一両あれば、庶民が一カ月生活できる。十両は大金であった。年に百二十両は、扇太郎の禄よりも多い。

「対して貴殿は徳川家から禄をもらっている」

笑いを消して北野が扇太郎へ言った。

「つまり、禄の代わりに金をもらっているだけで、何も変わらぬ。生活の糧をくれる主に忠義を尽くす。侍の生業《なりわい》であろう」

「それが悪事であってもか」

「良いか悪いかを侍は判断せぬ。違うか。でなければ忠義は成り立たぬぞ。主が戦だと言えば、相手をなぜ攻めなければならないのかなどと考えまい。命じられるままに槍を持ち、刀を振るい、敵を屠る。そうやって、貴殿の先祖は禄を得た」

「…………」

正論に扇太郎は言葉をなくした。

「他人の命を奪って生きていくのが侍でござれば、拙者はなにも恥じませぬ」

堂々と北野が胸を張った。

「さて、では、始めましょうや」

会話は終わりだと北野が告げた。

じりじりとつま先で扇太郎は間合いを詰めた。北野は動かず、扇太郎を待っていた。

間合いが三間（約五・四メートル）になった。ここからは互いが踏み出し、太刀を伸ばせば届く。

扇太郎は腰を落とした。

二人が動きを止めた。

「ひっ、か、刀を抜いてる」

扇太郎の後ろで、悲鳴がした。扇太郎の肩が少しだけ震えた。

「おうやっ」

北野が太刀を前へ走らせながら、突っこんできた。

上段と違い、下段の太刀はその切っ先が見にくい。扇太郎は大きく後ろへ跳んで逃げた。

「させぬ」

空を斬った太刀を上段へ移しながら、北野が追撃してきた。

「……くっ」

思った以上の疾さに扇太郎は焦った。身体をひねるようにして、なんとかかわした。

「逃げているばかりでは、勝ちは来ませぬぞ」

踏み出した足を軸に、北野が身体を回した。

「…………」

最初に喰いこまれたことで、扇太郎は余裕をなくしていた。

「えいっ」

北野が太刀を水平に薙《な》いだ。

「つうう」

扇太郎は必死に避けた。

正宗で受けるわけにはいかなかった。切れ味を追求した名刀は、もともと刀身がそれほど厚くは造られていない。そのうえ、念を入れた手入れを受けるため、刀身に研ぎが何度もかけられ、磨《す》りあげられている。胴太貫のような肉厚の太刀と絡めば、刃先が欠けるだけならまだしも、下手をすれば折れた。

真剣勝負の最中に得物が折れる。それは死を意味した。

「せっかくの白研ぎが無駄になりますな」

薙いだ太刀の勢いを利用して、続けざまに北野が攻撃を繰り出した。胴太貫を振り回す北野の膂力《りょりょく》はすさまじいものであったが、どうしても得物の重さに引きずられる。当たれば一刀両断の一撃もかわされれば、胴太貫を止めるために一拍の間が要った。

「せいっ」

何度目か北野に空振りさせた扇太郎はその隙を見逃さず、気合いとともに駆け抜けた。

間合いはふたたび五間へと戻った。

「思ったよりできるな」

北野の口調が変わった。

「ならば、出し惜しみはなしだ」

胴太貫を脇に垂らして、北野が走った。

「おう」

間合いを空けたおかげで、扇太郎も落ち着きを取り戻した。合わせるように構えを変え、左足を前へ出し、太刀を後ろへ隠すように回した。刃を隠せば、間合いが読みにくくなる。

「奇策は正道につうじぬ」

二間（約三・六メートル）になったとき、北野が胴太貫を振りあげた。

「…………」

扇太郎はじっと切っ先を見つめていた。

「りゃあああ」

天を指した胴太貫が、扇太郎の脳天目指して落とされた。

「……せいっ」

扇太郎は、右手だけで太刀を斬りあげた。

「やった……えっ」

手を振り下ろした北野が絶句した。

真っ二つになっていなければならない扇太郎の顔が目の前にあった。

「えっ、あっ、うわあああ」

北野が驚愕した。

扇太郎の一撃は、北野の左肘《ひじ》を断っていた。胴太貫を支える左腕を失ったことで、重さに耐えきれなくなった右手が外側へとずれ、一撃は扇太郎の左肩をわずかにかすってはずれていた。

「得物の重さの差だったな」

上を向いていた太刀を少しだけ下げ、扇太郎は北野の首筋を小さく切った。

「あああああああ」

首筋から盛大に血汐《ちしお》を噴きあげて、北野が絶叫した。叫びながら、右手だけで胴太貫を扇太郎へぶつけてきた。

「血を失い、力の抜けた身体で、どれほどのことができる」

やすやすと扇太郎は北野を取り押さえた。

「だが、その執念、見事」

「……はふっ」

にやりと口の端をゆがめて北野が、死んだ。

「お奉行さま」

「水屋か」

これだけの騒ぎになれば、水屋藤兵衛のもとへ報せが入るのは当然であった。

「すさまじい相手でございましたな。手出しできませせなんだ」

「ああ」

扇太郎は首肯した。

「後始末はこちらで」

「頼む。あと、この刀とともに葬ってやってくれ」

胴太貫を扇太郎は指した。

「承知いたしましてございまする」

水屋藤兵衛が引き受けた。

吉原は、一見の客を受け入れない。もっともこれは表向きである。遊女と客を夫婦に見立てているとはいえ、やることは一緒なのだ。

安直に馴染みを作ることもなく、その場で好きな女を抱ける岡場所の人気が上がるにつれ、吉原も変わらざるを得なくなった。

しきたりどおり三度目でないと床を交わせない高級な遊女とは別に、誰でもすぐに寝られる、ちょんの間《ま》と呼ばれる妓を吉原は抱えていた。

「寄っていってくだしゃんせ」

見世の脇に作られた格子窓から、嬌声《きょうせい》をあげてちょんの間遊女たちが、客を誘う。

「今晩はまだ開けたばかりで。初物《はつもの》でございますよ」

忘八が、客の袖を引く。

「あの三番目の色の白いのを一晩借り切ろう」

遊び人のような風体の客が、三浦屋四朗左衛門方の暖簾《のれん》を潜った。

「おありがとうございます」

大仰《おおぎょう》に忘八が喜んだ。

ちょんの間遊女は、基本線香一本燃え尽きるまでのときで料金が決まった。一本ならば、何十文ですむが、そんなわずかな間で、客は満足できない。普通は三本とか四本と最初に注文して、あとで足りなければ伸ばしていく。

それをせず、客は一夜の買い切りを希望した。

「あの妓を」

「へい」

その夜、西田屋、三浦屋、吉原を仕切る名見世のちょんの間、全員に客が付いた。

「西田屋さん」

三浦屋四朗左衛門が、西田屋甚右衛門を訪ねて来た。

「舐められたもので」

西田屋甚右衛門が、茶を点《た》てながら唇の端をゆがめた。

「火でも付けるつもりでございましょうかな」

一礼して茶碗を受け取った三浦屋四朗左衛門が述べた。

吉原は何度も火事に遭っていた。その度に、再建してきたが、倹約令が出て、女郎買いが規制されつつある今は、まずかった。

徳川初代将軍家康の許しを受けている吉原を潰すことはないだろうが、規模を小さくするくらいの罰は与えられかねなかった。

江戸とはいえぬ浅草田圃へ追いやられて、客足は大きく落ちたのだ。これ以上の不利は、吉原の存続にかかわった。

「もっとも、そのようなまねはさせませぬが」

西田屋甚右衛門が笑った。

「三浦屋さん、あの逃げこんで来た一太郎の手は」

「見世で怪しい客たちの相手を」

飲み終わった茶碗を愛《め》でながら、三浦屋四朗左衛門が答えた。

「手間がはぶけますな」

新しい茶碗に、西田屋甚右衛門が己用の茶を点てた。

「ごめんくださいまし」

外から声がかかった。

「いいよ」

「お客さまがおられるところへ、失礼をいたしまする」

顔を出したのは西田屋の忘八頭であった。

「そろそろかい」

「一度ずつは、満足したようで」

忘八頭が述べた。

「結構だね。見世に金を払って妓を買ったならば、誰であっても満足してもらわないと、吉原の名前にかかわるからね」

西田屋甚右衛門が茶碗を置いた。

「他のお客さまのご迷惑にならないうちに、片付けるとしましょうか」

「でございますな」

三浦屋四朗左衛門も同意した。

「頼んだよ」

「へい」

忘八頭が去っていった。

「西田屋さん」

「……三浦屋さんもお気になりますか」

二人が顔を見合わせた。

「あの一太郎が、一度失敗した吉原を、間を置かずに狙いますかね」

三浦屋四朗左衛門が疑問を呈した。

「わたくしも気になりまする。ひょっとすると吉原は……」

「目くらまし」

すっと三浦屋四朗左衛門が目を細めた。

「榊さまにお報せした方がよろしいのでは」

「やめておきましょう。大門《おおもん》内と外は別の世でございますれば、降りかかる火の粉以外、手出しをせぬのが決まり。それが吉原を生かす道でございまする。なにより、この苦界と深くかかわられては、あの方の先に差し支えましょう」

西田屋甚右衛門が首を振った。


一太郎の配下で三浦屋の忘八となった与太郎は、客として揚がってきた連中の世話を任されていた。

「おい、酒だ」

「へい」

小さな片口と盃を持って、与太郎が走った。

ちょんの間は見世を入ってすぐの大広間、そこを寝床ごとに屏風で仕切って、客の相手をする。

与太郎は、一つの仕切りへと近づいた。

「遅かったじゃねえか」

夜具のなかで客にいじられていたちょんの間の妓が与太郎から酒を受け取った。

「ほれ、心付けだ」

文句を言いながら、客が紙に包んだものを投げた。

「こいつはどうも」

与太郎が頭を下げて拾った。

客からの付け届けは、忘八頭のもとへ集められ、後日見世での決まりに従って分配される。すばやく紙をはずした与太郎が、金だけを忘八頭のもとへ届けた。

「お客さまより頂戴いたしました」

「そうかい。取っておきな」

ちらと与太郎を見た忘八頭の退吉が言った。

「えっ」

与太郎が驚いた。

「三途《さんず》の川の渡し銭だ。生きながら死んでいる忘八には本来与えられないものだが、おまえは違うからな。迷わないように持っておきな」

「…………」

ばれたと気づいた与太郎が逃げ出そうとした。

「馬鹿が」

与太郎の背後に潜んでいた忘八が匕首で突いた。

「……うう」

「お客さまに聞こえていいのは女の声だけ。男の断末魔なんぞ、色消しだ」

強く退吉が口を押さえた。

小さく痙攣《けいれん》して与太郎の息が止まった。

「さて、始めるぞ」

「へい」

退吉の合図で、忘八たちが大広間へと散っていった。

第五章　恨の発露

一

子の刻（午前零時ごろ）を合図に、麻布《あざぶ》、四谷、根津《ねづ》の三カ所から火の手があがった。

一太郎の計画どおり、江戸の岡場所を乗っ取り潜んでいた配下たちが、火を付けたのだ。

「きゃあああああ」

客と寝ていた岡場所の遊女たちが、火に追われて逃げ惑った。

「助けてくれ」

ふんどしさえ着けず、客の男が泣き叫んだ。

岡場所は阿鼻《あび》叫喚《きょうかん》の図となった。

客も妓も見捨てて、一太郎の配下たちは岡場所を後にした。

「狙うは、日本橋伊豆屋兼衛門だ」

麻布から出た配下たちが駆けた。

「天満屋孝吉を殺せ」

四谷、根津の配下たちが走り出した。

同時に鳴る半鐘の音が江戸の夜を騒がせ、少しでも火事から逃げようとする庶民たちで町はごった返した。

「火事だと。火元はどこだ」

眠っていた天満屋孝吉が飛び起きた。

「親方、どうやら根津権現《ごんげん》の近くのようで」

すぐに仁吉が調べてきた。

「結構遠いな。風はないし。それほどたいしたものじゃないか」

天満屋孝吉がほっとした顔をした。

「てえへんで」

そこへ配下の若いのが駆け寄って来た。

「どうした。火事なら知っているぞ」

「か、火事には違いござんせんが、麻布、四谷でも火が……」

「なにっ」

若い配下の報告に、天満屋孝吉は絶句した。

「仁吉、皆を集めろ。こいつは変だ」

「承知いたしやした」

命じられた仁吉が出て行った。

「おめえは、深川の水屋さんへ、手を貸してくれと頼んでこい」

「へい」

若い配下が首肯した。

「三カ所で同時に火事なんぞあるものか」

天満屋孝吉が身支度をしながら呟いた。

「火事となれば町奉行所と火付け盗賊改め方は、動けない。とても手助けなんぞはしてくれねえ」

浅草だけでなく、どこの顔役も町奉行所に、節季ごとの付け届けは欠かしていない。同心くらいならば、夜中でも呼びつけることができた。しかし、火事だけは別であった。江戸の町は火事に弱い。少しでも延焼を避け、さらに便乗する火事場泥棒を見張るだけで、町奉行所は手一杯になる。

「まずいな」

先手を取られた天満屋孝吉が苦い顔をした。

深川まで半鐘の音は聞こえなかった。

「榊さま、榊さま」

扇太郎は、門を叩く音で目を覚ました。

「誰だ」

「水屋の者で」

誰何に答えたのは、水屋藤兵衛の配下であった。

「なにかあったか」

「天満屋さまから、手を貸して欲しいとのお使いが参りました。あと、麻布、四谷、根津で火が出たそうで」

「……来たか。承知した。拙者も出る」

「では、これにて」

水屋の使いが去っていった。

「馬鹿をしやがる」

扇太郎は吐き捨てた。

火事で迷惑を被るのは庶民である。その日暮らしに近い者から、地所を持っている者まで、火事には泣かされた。家屋敷を失い、明日から住むところがなくなるのだ。財産や家だけなら、まだよかった。火事に巻きこまれて死ぬ者も多い。

「朱鷺は大事ないか」

身支度を調えて屋敷を出た扇太郎は、一瞬、三田札の辻の方を見た。

「……今は勝つことを考えねばならぬ」

浅草目がけて疾走した扇太郎は、両国橋の上で絶句した。

遠くで燃えさかる火が江戸の町を照らしていた。

「…………」

言葉を失った扇太郎は、無言で立ち尽くした。

「どいてくれ」

「押すな」

火事を避けた庶民たちが、持てるだけの荷物を手に両国橋へと詰めかけてきていた。

「お侍さん、こんなところで、止まらねえでおくんなさい」

扇太郎にぶつかった町人が文句を残しながら、流されていった。

「すまぬな」

気を取り直して扇太郎はふたたび走り出した。

両国橋を渡り終わった扇太郎の前を、数人の火消しが進んでいた。

足を速めた扇太郎は、火消しを追い抜いた。

「……なにっ」

不意に殺気を感じた扇太郎が身をひねった。

扇太郎の左を鳶口《とびぐち》が通過した。

火消しが扇太郎を襲ってきた。

「なにをする。拙者は幕府闕所物奉行榊扇太郎であるぞ」

名乗りをあげて扇太郎は、火消したちを制した。

火消したちにとって、火付けはもっとも忌むべき相手であるが、その次に火事場泥棒を嫌っていた。扇太郎は人の波に逆らっている己を火消したちが泥棒と勘違いしたと考えた。

「…………」

しかし、火消したちの殺気は薄まらなかった。

「わかってやってると……一太郎、考えやがったな」

扇太郎は気づいた。

火事場で武器を持っていて、不審がられないのは、火消しである。火消しの道具である鳶口は、家を潰すためのものだが、棒の先に小さな鎌を付けたような形で、武器として十二分であった。

なにより、火消したちに襲われるのは、いつも、火付けか火事場泥棒である。見ている者がいても、加勢はもとより、奉行所などへ報せもしない。

「殺し合いならば、受けてやる」

扇太郎は太刀を抜いた。

「…………」

白刃を見ても、火消したちはまったく動じなかった。

「慣れてるということか。ならば、遠慮は要らぬな」

足下は草鞋で固めてある。扇太郎は、大きく踏み出した。

「せい」

扇太郎は太刀を水平に薙いだ。

「ちっ」

鳶口を片手で上へ構えていた火消したちが、急いで対応しようと振り下ろした。

「水平の刃を上から叩けるものか」

右手を離し、左肩を前へ傾けるように扇太郎は太刀を伸ばした。

「ぎゃっ」

火消しの一人が受け損ねて、脇腹を裂かれた。

「こいつ」

仲間をやられた火消しがわめいた。

「喰らえっ」

冷静さを失った火消しが、鳶口をぶつけてきた。

「ふん」

扇太郎は片手薙ぎの太刀を、下から掬いあげた。

「あああ」

鳶口ごと右手を斬り飛ばされて、火消しが絶叫した。

「強い」

残った火消しの腰が引けた。

「逃がすと思うか」

足を送って扇太郎は、間合いを詰めた。

「ひっ」

背を向けようとしていた火消しの足が止まった。

「何人死んだと思う」

扇太郎は太刀を火消しの顔へと擬した。

「俺じゃない」

火消しが扇太郎の気迫に押された。

「一太郎に雇われ、なにが起こるかを知っていたのだろう。ならば、同罪だ」

怒りが扇太郎を支配していた。

「うわあああ」

緊張に耐えかねた火消しが、無茶苦茶な腕の振りで鳶口を振り回した。

「…………」

すっと扇太郎は太刀を突き出し、火消しの胸へ滑りこませた。

「あくっ」

心の臓を突かれて、火消しが即死した。

「天満屋が危ない」

抜き身を下げたまま、扇太郎は急いだ。

湯島から浅草は近い。

「あの通りから向こうは浅草の縄張りだ。油断するんじゃねえぞ」

湯島の岡場所を預けられていた一太郎の配下、弥一《やいち》が手下たちへ注意を促した。

「おう」

手下たちが唱和した。

燃える湯島から安全な浅草へ逃げようとする庶民たちとともに一太郎の配下たちが天満屋の縄張りへと侵入した。

「こちらにも火を付けそうだ」

天満屋孝吉は店の外で待ち構えていた。

火付けは大罪である。幕府の法でももっとも重い火あぶりの刑と決められていた。また、被害が大きいこともあり、火付けは、町奉行所と火付け盗賊改め方が必死になって捜索する。よほどやけにならない限り、無頼でも火を付ける者はいない。

しかし、一カ所に火を付けてしまえば、後は何カ所燃やそうとも罪は同じである。浅草を守る立場である顔役天満屋孝吉は、己の店や家が火元となるのをなによりも怖れていた。

「仁吉、逃げてきた連中は、観音《かんのん》さまの境内へな」

どのようなときでも、地元のことをまず考えなければならないのが、顔役であった。天満屋孝吉は、己の警固を減らしてでも、地元の混乱を避けようとした。

「しかし……」

「生き残っても、顔役としての務めが果たせていなければ、この浅草にはいられなくなる。縄張りを失った顔役なんぞ、死んだも同然だ。やるだけのことはやらねばならぬ」

厳しい顔で天満屋孝吉が命じた。

「……へい」

じっと天満屋孝吉の顔を見てから、仁吉が手配に走った。

「旦那」

別の配下が呼んだ。

「どうした」

「辻ごとに二人ずつ、置きたいのでございまするが」

「挟みこむつもりか」

「へい」

配下がうなずいた。

「薄くなりすぎないか、富士蔵《ふじぞう》」

「だけに、そうしたいので」

富士蔵が、集まっている天満屋の衆を見回した。

「数で押し切られては、もちやせん。薄くなるのは覚悟のうえで、挟み撃ちにするしかねえと思いやす」

前に気を向けている敵ほど、後ろがおろそかになる。

「わかった」

天満屋孝吉が富士蔵の策を認めた。

「ありがとうございやす。おい、多治、三郎左、おめえたちはあの角、そう、但馬屋《たじまや》さんの用心桶の陰へ潜んでいろ。次郎助、市弥、おめえたちは、あちらの……」

富士蔵が配置を指示した。

「残りの者で、親方を守る。決して動くんじゃねえぞ」

「へい」

配下たちがうなずいた。

最初に気づいたのは、逃げてくる焼け出されの庶民たちを浅草寺へ誘導していた仁吉であった。

「荷物なし……」

手ぶらの男たちが一心に駆けて来ていた。

「親方」

仁吉が大声をあげた。

「気づかれたか。一気に行くぞ」

弥一が合図した。

「腰引けるんじゃねえぞ」

懐から匕首を抜きながら、富士蔵が迎え撃った。

「二十ほどいやがるか」

ざっと敵の数を天満屋孝吉が数えた。

「くたばれっ」

「そっちこそ」

争いが始まった。

「やあああ」

匕首を振り回してきた一太郎の手下を、天満屋孝吉の配下が受け止めた。

「えいやっ」

そのまま摑んだ腕をへし折った。

「うぎゃあ」

一太郎の手下が絶叫した。

「どきやがれ」

匕首を弥一が突き出した。

「うわっ」

天満屋孝吉の配下が、肩を突かれてうずくまった。

「ふん」

鼻先で笑った弥一が、配下を足蹴《あしげ》にした。

「こいつが」

目の前にいた一太郎側の者を手にした匕首で切りつけて退けた富士蔵が、弥一へと襲いかかった。

「ちっ」

危うく弥一が匕首で受けた。

「他人の縄張りで好き放題してくれるな」

富士蔵が押した。

「縄張りなど、取った者勝ちだろうが」

弥一が言い返した。

「おまえたち、落ち目な天満屋についていてもろくなことはねえぞ。今なら、一太郎の親方に頼んでやるぜ」

笑いながら弥一が、天満屋の配下たちを勧誘した。

「舐めるんじゃねえ。狂い犬の手下になるような、外道《げどう》はいねえよ」

怒鳴りつけて富士蔵が、足払いをかけた。

「うおっ」

かろうじてかわした弥一だが、体勢を崩した。

「死ねっ」

富士蔵が斬りつけた。

「くううう」

弥一の右手が薄く切れた。

「この野郎」

しみ出してくる血も気にせず、弥一が匕首を振り回した。

長引けば、どうしても数の多いほうが有利になる。

徐々に天満屋側が押され始めた。

「今だ」

大声を富士蔵があげた。

「ふざけやがって」

潜んでいた三郎左たちが、飛び出してきた。

油断している一太郎勢の背中を狙った。

「ちっ。隠れてやがったか」

たちまち数人が倒れた。

「後ろは支えるだけでいい。前へ出ろ。天満屋を殺せば、終わる」

弥一が叫んだ。

もともと一枚岩ではない。一太郎に金で雇われた無頼ばかりである。有利な間は、強いが、崩れ出すと脆《もろ》い。

「まずいぞ」

「うわっ」

一太郎の手下たちが浮き足立った。

「やってしまえ」

富士蔵が配下たちに発破《はっぱ》をかけた。

天秤《てんびん》というのは、容易に傾く。

優勢だった一太郎側が、追い立てられ始めた。

「勝ったな」

　天満屋孝吉がにやりと笑った。

「どけ、どけ、どけ」

　火消しが駆けてきた。

「みょうだな」

　近づいてくる火消しの看板である印半纏《しるしばんてん》を見た天満屋孝吉が首をかしげた。

「ここらはと組の縄張り、火事の火元が湯島とすれば、わ組の出張りも考えられなくはないが、ありゃあ、ゆ組だ」

　江戸の町火消しは、それぞれに管轄が決まっていた。火消しの矜持《きょうじ》は高く、他の組に手助けされることを嫌う。浅草寺へ祈願で出向くときでも、半纏を脱いでくるか、もしくはと組に挨拶をしてからでないと、もめるもととなる。

「富士蔵、火消しも敵だ」

　天満屋孝吉が注意を喚起した。

「なんですと」

　弥一とやり合っていた富士蔵が、絶句した。

「援軍だ。勝った。今逃げた奴は、あとで草の根分けても探し出す。うちの親方の恐ろしさは十分知っているはずだ」

大声で弥一が鼓舞した。

「やったぞ」

「おう」

一太郎の手下たちの士気が上がった。

「天満屋の命を奪った奴には、特別の褒賞《ほうしょう》を出すぞ」

「金か」

さらに煽る弥一によって一太郎の手下たちが、興奮した。

二

「よくないな」

左右から攻められることになった天満屋孝吉の配下たちが、押しこまれ始めた。

「そうもたぬぞ」

天満屋孝吉が苦い顔をした。

「ぎゃっ」

「うげえっ」

配下たちが倒されていく。

「これまでか。まあ、悪い一生ではなかったねえ」

もともと数では劣っていたのだ。なんとか富士蔵の策で互角から有利に持ちこんだだけで、端《はな》から勝てる要素はほとんどなかった。

「来たか」

闕所で手に入れた太刀を天満屋孝吉が抜いた。

「もらったああ」

配下たちの壁を通り抜けて、一太郎の手下が突っこんできた。

「阿呆」

天満屋孝吉は太刀を水平に薙いだ。

太刀と匕首では間合いが違いすぎた。天満屋の太刀が一太郎の配下の胸を裂いた。

「ぎゃっ」

胸骨は人体の急所である。それを傷つけられて、手下が絶叫した。

「…………」

無言で天満屋孝吉が止《とど》めを刺した。

「死ねえええ」

別の手下が、飛びかかってきた。

「ふん」

天満屋孝吉が突いた。

「ぐえっ」

肝臓を貫かれた手下が絶息した。

「親方」

新手と弥一に囲まれていた富士蔵がついに崩れた。

「……ご苦労だったね」

片手で天満屋孝吉が拝んだ。

「おまえたち、もう散っていいよ」

周囲に残っている配下たちへ、天満屋孝吉が優しく言った。

「そんな」

「親方、冗談は止めてくださいやし」

配下たちが拒絶した。

「わたしと一緒に死ぬ理由はないよ」

「親方を見殺しにした俺たちに、生きて行くだけの場所はござんせんよ」

真剣な顔で配下が述べた。

「この渡世から足を洗えばいい。田を耕してもいいし、商いを始めることもできるだろう」

「命のやりとりしかできやせんよ、あっしらには」

壮年の配下が笑った。

「でござんすね……ちったあ、気を利かせろ」

話している最中に斬りつけてきた一太郎の手下を、若い配下が蹴り飛ばした。

「馬鹿だねえ。おまえたちは」

「親方譲りで」

壮年の配下が肩をすくめた。

「じゃあ、浅草の意地、見せつけてやれ」

「おう」

血塗られた太刀を振りあげた天満屋孝吉に配下たちが唱和した。

「ぎゃっ」

「痛てええ」

「くそっ」

死を覚悟した者は強い。圧倒するはずの数でも減るのは味方ばかり、というざまに弥一が歯嚙みした。

「包みこめ」

いつしか、攻撃をためらうようになっていた手下たちに、弥一が命じた。

「いいか、いっせいにかかれ。そうすれば、対応しきれない」

弥一が指示した。

「なるほど」

手下たちが納得した。

「来やがれ。一人じゃすまさねえ。少なくとも二人は道連れだ」

天満屋孝吉の配下たちが、覚悟を決めた。

「かかれっ」

弥一が手を振った。

「ぎゃっ」

「ひっっ」

苦鳴が西から来た火消したちの後ろから聞こえた。

「な、なんだ」

一太郎配下たちの動きが止まった。

「天満屋、待たせた」

「お奉行さま」

扇太郎の声に、天満屋孝吉が歓声をあげた。

「落ち着け。侍が一人増えたくらいでかわらねえ」

急いで弥一が口にした。

「まもなく水屋が手勢を連れてくる」

弥一の言葉を扇太郎が否定した。

「くっ。その前にやってしまえ」

もう一度弥一が合図を出した。

「させるかよ」

今度は根津権現から来た連中の後ろが崩れた。

「仁吉かい」

「お待たせをいたしました。ようやく浅草寺の坊さんが、引き受けてくれやした」

後のことを浅草寺の僧侶に任せた仁吉が配下二人とともに戻ってきた。

「遠慮なくやってくれ。後始末の心配はしなくていい。火事場へ捨ててくれれば、勝手に焼けてくれる」

「へい」

天満屋孝吉の言葉に、仁吉がうなずいた。

「好き勝手の代償は、てめえらの命で払ってもらう」

太刀を大きく振って天満屋孝吉が、宣した。

麻布から出た連中は、日本橋へと襲いかかった。

「ふざけたまねをしてくれるねえ」

伊豆屋兼衛門が冷たい顔をした。

「飛脚屋を舐めてもらっては困りますな」

跡継ぎの太郎右衛門《たろうえもん》が笑った。

金を運んで東海道を上り下りするのが飛脚である。夜盗や山賊に襲われるのは、日常茶飯事なのだ。飛脚となる者は、足が速いだけでなく、剣術道場で切り紙《きりがみ》以上の腕を持つ者ばかりであった。

「いいかい、外へ出て行くんじゃないよ。いくら腕が立っても囲まれればやられるからね」

　飛脚たちへ伊豆屋兼衛門が、注意した。

「へい」

　飛脚たちは伊豆屋の土間で待機した。

「やっちまえ」

　伊豆屋の大戸が外から蹴り開けられた。

「えいっ」

　最初にとびこんできた手下が、待ちかまえていた飛脚の手で斬られた。

　続けて入りこんできた連中も、飛脚たちによって傷を負わされた。

「ちっ」

　手下たちが怯《ひる》んだ。

「しかたねえ。火を付けろ。油を持ってこい」

　小次郎が言った。

「お父さん……」

　太郎右衛門が、顔色を変えた。

「まずいね。いかに付けられたとはいえ、火を出したとあっては、もう日本橋にはいられない。やむを得ないな。皆、出て戦え。火を付けさせるんじゃないよ」

伊豆屋兼衛門が、命じた。

「へい」

飛脚は道中差という、太刀より少し短い刀を帯びることが許されている。抜き身を持って飛脚たちが飛び出した。

「死にな」

山賊ともやり合うのだ。飛脚の気性は荒い。あっという間に、店の前の手下たちを駆逐した。

「敵は少ないんだ。落ち着け」

大声で小次郎が告げた。

「太郎右衛門、大声で火事だと叫びなさい」

「よろしいので」

「そう言えば、周りから人が出てきます。あいつらにとって人が集まるのはつごうが悪いはず」

「わかりました」

飛脚たちが空けた隙間へと、太郎右衛門が出た。

「今だ」

小次郎の合図で、用意されていた油の壺が投げられた。

「うわっ」

まともに油を被《かぶ》った太郎右衛門が顔を手でかばった。

「松明《たいまつ》を投げろ」

続けて小次郎が告げた。

「下がりなさい」

慌てて伊豆屋兼衛門が、太郎右衛門を戻した。

「うわっ」

しかし、投げられた松明の火が、太郎右衛門の衣類に移った。

「脱ぎなさい」

伊豆屋兼衛門が息子の衣服を剝《は》いだ。

「熱い、熱い」

太郎右衛門は火傷《やけど》を負ったが、なんとか衣服を捨てて助かった。

「しまった」

息子に注意をやっただけ、店の火への対応が遅れていた。伊豆屋兼衛門が天を仰いだ。

「しかたない。裏から逃げましょう」

伊豆屋兼衛門が店を捨てた。

顔役の家からの出火は致命傷であった。それが付け火であればよりまずい。まず、付け火をされるくらい憎まれているとの評判がよくなかった。続いて、その付け火を防げなかったという結果が追い討ちをかけた。

日本橋の顔役としての座を伊豆屋兼衛門は失った。

「おまえたちも逃げなさい」

戦っている飛脚たちへ、伊豆屋兼衛門が命じた。

「伊豆屋は終わりだからね」

そう述べると伊豆屋兼衛門も背を向けた。

守るべき親方が逃げては、飛脚たちが戦う意味はない。飛脚たちは、その脚力にものをいわせて散っていった。

「よし、日本橋を落とした。火を消せ」

小次郎が戦いの終結を宣した。

「いいか、絶対に類焼させるな」

大声で小次郎が指示した。

新しい顔役になるには、縄張り内の協力が絶対不可欠である。己の付けた火で、伊豆屋以外の一軒でも焼いてしまえば、顔役になれても、周囲の協力は得られなくなる。まさに面従腹背、名前だけの顔役になってしまう。

「おう」

すでに用意はされていた。梯子鳶口などの火消し用具を持った連中が、伊豆屋へと取りかかった。

「水をかけろ」

小次郎が手を振った。

狂い犬の一太郎は、水野美濃守とともにいた。

「お城と、吾が屋敷に火は届かぬだろうな」

「ご懸念には及びませぬ。こちらが目的としたところまで届いた段階で消しております」

水野美濃守の心配を、一太郎が否定した。

「まちがえてもお城に火を飛ばすなよ」

「大名火消しも火付け盗賊改め方も、町奉行も、そこまで無能ではございますまい」

一太郎が笑った。

「もちろん町奉行所も火付け盗賊改め方も総出役しておる」

「そうなってくれねば困りまする。なにせ、あちこちで騒動を起こしておりますので」

「失敗は許されぬぞ」

厳しい顔で水野美濃守が言った。

「承知しております」

自信ありげに一太郎が胸を張った。

「殿、紀州屋の者が」

家臣が顔を出した。

「通せ」

一太郎がなにか言う前に、水野美濃守が許した。

「ごめんくださいませ」

入ってきたのは小次郎であった。

「お初にお目にかかりまする。紀州屋の手代小次郎めにございまする」

「挨拶などは要らぬ。用件を申せ」

水野美濃守が急《せ》かした。

「…………」

ちらと小次郎が見たのに、一太郎はうなずいた。

「日本橋伊豆屋兼衛門を駆逐いたしました」

「よくやった」

さすがの一太郎も喜びの声をあげた。

「どういうことだ」

「江戸の顔役をまとめている日本橋の縄張りを手に入れたのでございまする」

「そうか」

一太郎の説明に、水野美濃守がほっとした顔をした。

「他はどうだい」

「旦那さまのもとへも報せは来ておりませぬか」

訊かれた小次郎が逆に問うた。

「まだだね。まあ、相手が吉原と天満屋だ。日本橋ほど簡単にいくとは思ってはいないけどね」

「見て参りましょうか」

「頼むよ」

小次郎の提案に、一太郎がうなずいた。

「では、早急に。殿さま、失礼いたしまする」

ていねいに頭を下げて、小次郎が去った。

「うまくいっているようだな」

緊張を少し水野美濃守がほどいた。

「ことの半分は成ったも同然でございまする」

一太郎が満足げに首肯した。

「江戸の城下でこれだけの騒動が起こったのだ。執政どもは責任を取って、皆退かねばなるまい。未練たらしいまねをするとあれば、周囲から圧力をかければいい」

水野美濃守が淡々と述べた。

「今の御用部屋が空《から》になれば、補充が要る。普段ならば、いなくなった者の代わりを老中に任じ、仕事に慣れさせてきたが、一気に全員を失うのだ。そんな悠長なまねはできぬ。幕府の御用部屋が津々浦々までの面倒を見るのだ。政を担うだけの経験がある者を呼び返さねばならぬ。となれば、先日まで老中を務めていた者や、若年寄が復帰する」

「…………」

黙って一太郎は聞いた。

「大御所さまのもとで働いていた者がふたたび権を握る。となれば、儂の復活もなろう。さすがに今の上様の御側御用というわけにはいくまいが……」

御側用人は、将軍、あるいは大御所へ目通りを願う者たちを選別するだけの権を与えられていた。大御所家斉へ面会を求めた家慶の使者を、水野美濃守は何度となく無下に追い返していた。それは家慶の意志を否定したも同じであった。

家慶に嫌われているだけの自覚を水野美濃守は持っていた。

「いや、上様にも隠居していただくか。お世継ぎ家祥《いえさき》さまにも御遠慮願って亀王丸さまを十三代さまにお就けして、儂が傅育《ふいく》役となれば……」

水野美濃守が頬を緩めた。亀王丸は、家斉の娘で加賀藩前田家へ嫁いだ溶姫《ようひめ》が産んだ男子である。家斉の寵愛深かったお美代《みよ》の方《かた》の娘を家斉はとくにかわいがり、亀王丸のことも気に入っていた。

「今回は、越前守の屋敷に火を付けなかったのか」

表情を水野美濃守が引き締めた。

「申しわけございませぬ。そこまで手が回りかねました」

尋ねられた一太郎が詫びた。

「しかたないか。できれば、越前守の息の根を止めておきたかったのだが……」

水野美濃守が残念そうにした。

己の屋敷から火を出せば、無役の大名旗本でも咎めは避けられない。ましてや、老中という責任のある役職にある者の屋敷から出火すれば、その罪は重い。役目を引くだけではすまず、転封《てんぽう》、減封、下手すれば改易もある。

「まあ、これだけの騒ぎが御城下であったのだ。二度と復帰はできまいな」

「仰せのとおりでございまする」

一太郎も同意した。

三

扇太郎は太刀を小さく振った。

「あひゅっ」

みょうな声を最後に、首の血脈を飛ばされた火消しが死んだ。

「しつこいんだよ。おめえらは」

仁吉が、道中差で一太郎の手下を斬った。

「江戸の掟《おきて》を破る奴には仕置きをしないとな」

水屋藤兵衛の手から竿《さお》が伸びた。元船頭の水屋藤兵衛は一間（約一・八メートル）ほどの竹竿を自在に操り、一太郎の手下たちを叩き伏せていた。

「まずいな」

一太郎の手下をまとめる弥一が苦い顔をした。

「うっとうしい」

天満屋孝吉が太刀で手下一人を屠った。

数の優位も水屋一党が来たことで、なくなった。一太郎の手下たちは、追い詰められていた。

「くそっ、手強《てごわ》い」

近づく天満屋の配下を匕首で牽制《けんせい》しながら、弥一が吐き捨てた。

「日本橋の連中をこちらへ呼ばねば」

伊豆屋兼衛門を落としたならば、次の顔役へと向かう手はずになっている連中を、こちらに来てもらおうと弥一が考えた。

「吉次《きちじ》、日本橋まで走れ」

「がってん」

命じられた吉次が走った。

「そいつを逃がすな」

気づいた天満屋孝吉が、声を発した。

「ちっ」

しかし、吉次は路地へ跳びこんで姿をくらませた。

火消しを突きで片付けた扇太郎は、嘆息した。

「援軍が来るぞ」

「疲れが出てきている」

扇太郎はちらと天満屋孝吉を見た。

すでに戦いはかなり長くなっていた。

最初から戦っていた天満屋孝吉を含め、その配下たちの動きが目に見えて鈍くなっていた。

「ここに新手が来れば、せっかく傾いた天秤が、ふたたびあちらへいきかねぬ」

近づいてきた火消しを払いながら、扇太郎は思案した。

目付には火事場巡検という役目があった。

水野越前守から自重せよと言われていたにもかかわらず、鳥居耀蔵は屋敷を出て、根津権現の火事場へ来ていた。

「火元は岡場所か」

すでにまともな火消したちが到着し、岡場所の火事は鎮められつつあった。

「ひどいな」

火消しが顔を背けた。

御法度の岡場所である。いつ御上の手入れがあって潰されるかわからないのだ。当然、建物に手間などかけていない。火が入れば、それこそ松明のように燃えあがる。焼け跡は逃げ遅れた妓と客の死体で埋められていた。

「おい」

鳥居耀蔵が火消しを呼んだ。

「へい。これはお目付さま」

火消しが腰を屈めた。

目付は黒麻の裃を身に着けると決まっている。江戸の町人は誰もが、目付の姿を知っていた。

「ここが火元か」

「さようでございまする」

「ずいぶんと焼けているようだが」

「油を撒いたようで」

問われた火消しが答えた。

「それにしてもすさまじいと思うぞ」

「岡場所でございますからねえ。もともと造りが甘く、火が入ればひとたまりもありません」

「そうか。ご苦労であった」

鳥居耀蔵が火消しへ手を振った。

「これで町奉行は終わりだな」

小さく鳥居耀蔵が呟いた。

「岡場所という御法度の場所を放置していたがための火事じゃ。町奉行の責任よな」

鳥居耀蔵が笑った。

大川《おおかわ》沿いを駆けた吉次は、ほどなく小次郎と合流した。

「小次郎の兄貴」

「吉次か」

「手を……」

「わかった。すぐに向かう」

話を聞いた小次郎が、日本橋に残した手勢のもとへ走った。

「もうじき小次郎の兄貴が来る」

浅草へ戻った吉次が伝えた。

「よし。無理をするな。もう少しの辛抱だ。今はあしらうだけでいい」

弥一が一同へ指示した。

「まだいるのかい」

天満屋孝吉があきれた。

「一太郎も総力を出したということだ」

火消したちを蹴散らせて、扇太郎は天満屋孝吉の隣に来ていた。

「しかし、これだけの騒動を起こして、無事にすむのでございましょうかね」

天満屋孝吉が首をかしげた。

「手は打ってあるということだろうな」

「簡単におっしゃいますが、火付けに下手人でございますよ。よほどの大物でなければ、もみ消すなんぞ……」

そこまで言った天満屋孝吉の顔色が変わった。

「大物なんだろうよ」

扇太郎は嘆息した。

「まさか、御上が顔役をまとめようと……」

顔役というのは、幕府の認めた町役人とは別である。どちらかといえば、町役人より、顔役のほうが、庶民の信頼は厚い。

町役人は幕府との連絡をするだけで、庶民に対してなにかしてくれるわけではなかった。対して、顔役は身近な相談からもめ事の仲裁まで、あらゆることで役に立っている。

だが、ことと次第では、幕府の策に逆らうこともある。幕府にとって顔役は、有用でありながら、面倒な相手でもあった。

「一太郎一人に江戸の町を任せるなんぞ、冗談じゃねえ。御上もそこまで馬鹿じゃねえよ。なにより水野越前守さまが、そんなまねを許しはしない」

強く扇太郎は否定した。

「では、誰が……」

「亡霊だろうな。先代のな」

訊かれた扇太郎は、ぼかして答えた。

「なるほど。もう一度蘇《よみがえ》ろうとしておられるお方だと」

すぐに天満屋孝吉がさとった。

「迷惑なお話でございますな」

「ああ」

扇太郎は、鞘から小柄《こづか》を抜いて投げた。

「ぎゃっ」

味方を待つとなって気の緩んだ一太郎の手下の一人の目に小柄が刺さった。

「ちっ。油断するな」

弥一が気を引き締めるように言った。

「天満屋」

小声で扇太郎は話しかけた。

「なんでござんしょう」

「配下でもっとも足が速いか、後を尾けるのがうまいのは誰だ」

「さようでございますね。今生きておるのでは、あの佐助《さすけ》でございましょうか」

天満屋孝吉が目だけで示した。

「ならば、小次郎とかいう兄貴分の後を付けさせてくれ」

「一太郎の居場所でございますな」

「ああ。今夜中に決着を付けておきたい」

「承知しました」

扇太郎の依頼に天満屋孝吉がうなずいた。

「さて、ならば、数を減らしておこうか。少し休めたしな」

太刀を軽く振って扇太郎は、前へ出た。

「問題は、太刀がもつかどうかだ」

「折れたならば、一本差しあげましょう。さすがに、それほどの銘刀はございませんが」

天満屋孝吉が背中から声をかけた。

「正宗《まさむね》の錆にするには、釣り合わぬ連中だが……刀は斬っていくらだからな」

「なにをっ」

血気に逸《はや》った火消しが、応じた。

「参る」

扇太郎は血刀をさげて突っこんだ。

「死ねっ」

鳶口が真っ向から振り下ろされた。

「まっすぐすぎるわ」

鼻先で笑って、扇太郎はかわし、空振りした火消しの腕を撃った。

「ひやううう」

みょうな悲鳴をあげて火消しが右腕を抱えつつ、倒れた。

「夜三郎……」

仲間が慌てて夜三郎を助けようと身体を乗り出した。

「阿呆め」

背の伸びた一太郎の手下を仁吉が襲った。

「うわっ」

背中を割られて、また一人死んだ。

「おう、えいい」

敵の群れのなかへ入った扇太郎が、太刀を左右へと振った。

「ぎゃっ」

「あつっうう」

たちまち二人が傷を負った。

「囲め、こちらから手を出すな」

弥一が叫んだ。

「手堅く守れ。小次郎の兄貴が来てくれれば、どうにもでもなる」

「お、おう」

完全に腰の引けた火消したちが、身を寄せた。

「愚かな」

扇太郎はあきれた。

「間合いというのを考えろ」

腰を落として、扇太郎は太刀を薙いだ。

太刀の刃渡りに対して鳶口はほんのわずかだが短い。

「あっ」

扇太郎の真正面にいた手下の臑《すね》を、太刀が斬った。

「痛てえええええ」

臑は人体の急所である。肉が薄く、骨まですぐに刃が届く。骨を切られた痛みは、肉のそれとは比べものにならないほど強い。絶叫した手下が転がった。

「足下に気を付けろ」

急いで弥一が警告したが、遅かった。

「人の身体というのは、足下がお留守になるようにできている」

教えるように言いながら、扇太郎は腰を落とした姿勢で太刀を振り続けた。

「あくっ」

二人が足を抱えてひっくり返った。

「ぎゃあああああ」

「これまでか」

倒れた連中がじゃまになり、太刀を振るうのが困難になった。扇太郎は腰を伸ばした。

「ざっと半分か」

目で扇太郎は、数を数えた。

「こちらも半分でござんすがね」

仁吉が背中を合わせながら言った。

「人数差は減ったぞ」

「四十対二十が、二十対十になっただけでござんしょう」

「二十人差が十人差になったではないか」

「一人で二人倒さなければいけないのは、変わってませんよ」

扇太郎の意見に、仁吉が苦笑した。

「援軍が来る前にもう少し減らしたいところだが……」

「ちょいと難しくなりやしたね」

二人が嘆息した。

一太郎の手下たちは、十人ずつの固まりを作っていた。一つを襲えば、もう一つが背中から攻撃してくる。

数の少ない天満屋方である。一人倒れれば、かろうじて保っている均衡が崩れる。そうなれば、滅びるだけになる。

「心配するな。いつまでもこのままにはならぬさ。朝になれば、町の者たちも動き出す。大勢に騒動を見られていながら、知らぬ顔をしていたとなれば、町奉行所の責任は免れぬ。いずれ町奉行所なりが動く。夜が明けるまでが、こいつらに与えられた余裕だ」

もう少しの辛抱だと扇太郎は述べた。

いかに幕閣の実力者といえども、抑えきれることには限度があった。いや、かえって制限が大きかった。権力の座は、いつも誰かに狙われている。足下を掬おうとしているものは、敵だけでなく味方にもいる。正当でないことで権を振るうなど、相手につけこんでくれと言っているようなものである。

「あと一刻《いっとき》（約二時間）ほどの辛抱でござんすか」

「一刻なんぞ、酒を飲んでいればあっという間であろう」

「女を抱くにはちょっと長いでやんすがね」

仁吉がおどけた。

四

「弥一、情けねえまねをしてるんじゃねえ」

足音も高く、小次郎率いる援軍が駆けつけてきた。

「全部で八人増えたか」

すばやく扇太郎は戦力を分析した。

「兄貴、それだけで」

叱られた弥一が不満そうな顔をした。

「当たり前だ。落としたとはいえ、伊豆屋兼衛門たちは生きているんだ。日本橋を開けっ放しにできるものか。なにより、倍以上いながらまだ潰せていない。その不甲斐《ふがい》なさを恥じろ」

小次郎が怒鳴りつけた。

「……ですが、あの侍がやたら強くて」

弥一が言いわけした。

「四人ほどで侍を抑え、その間に他の連中を始末してしまえばすむだろう。だから、おまえはだめなんだ」

「………」

睨《にら》まれた弥一が黙った。

「四兵衛、権太、弥次、桐蔵、おめえらで侍の相手をしろ。後の者は、天満屋孝吉をやれ」

弥一を無視して、小次郎が命じた。

「へい」

うなずいた手下たちが近づいてきた。

「仁吉、天満屋の側へ戻れ」

「しかし……」

「天満屋の守りを頼む」

「すいやせん」

頭を下げて仁吉が戻った。

「……………」

すばやく四人へ目を走らせた扇太郎は、全員の得物が道中差であることを確認した。脇差と長さが近い道中差は、やはり太刀にはおよばない。

「ならば、先《せん》の先《せん》を取らせてもらおうか」

その優位を利用すべく、扇太郎は逆に近づいた。

「えっ」

不利なほうから仕掛けるとは思ってもいなかったのか、四人の足が止まった。

「真剣を抜いた段階で戦いは始まっている」

下段の太刀を斬りあげ、そのまま扇太郎は落とした。

声もなく二人が絶命した。

「こいつ。おい、あと二人」

小次郎が追加を出そうとしたとき、残りの二人も扇太郎によって倒された。

「化けものか」

余りのすさまじさに、小次郎が絶句した。

「数で押せ」

小次郎が手下たちへ命じた。

「こいつを殺せば、浅草は落ちたも……」

「吉原はどうした」

続けようとした小次郎へ、扇太郎がかぶせた。

「うっ」

小次郎が詰まった。

「吉原へも人を入れていたはずだ」

扇太郎は切っ先で小次郎を指した。

「浅草には日本橋より吉原が断然近い。なのに、そちらからの援軍が来ない。つまり、吉原を制圧し損ねた」

「………」

弥一も沈黙した。

「つまり、ここにいるのが、一太郎が動員できるすべて」

「……それがどうした」

黙っていた小次郎が、怒鳴り返した。

「それでもおまえたちの倍はいる。勝ち目はない」

小次郎が嘯《うそぶ》いた。

「吉原の忘八《ぼうはち》衆が参加してもか」

扇太郎が、切っ先で小次郎たちの後ろを指した。

「なにを」

いっせいに一太郎の手下たちが、注意をそらした。

「今だ」

天満屋孝吉が配下に指示を出した。

「これ以上の援軍はない。蹴散らせ」

自ら太刀を振りかぶって出た。

「親方にさせるな」

仁吉たちが、続いた。

敵対している最中に相手から目を離す。大きな隙であった。

「しまった」

「遅い」

扇太郎が、一太郎の手下たちの間に入りこんだ。

「わっ」

大わらわで対応しようとしたところへ、天満屋孝吉たちが襲いかかった。

「くたばれっ」

「浅草を舐めるんじゃねえ」

あっという間に天満屋と水屋の配下たちが、一太郎の手下たちを倒した。

「か、勝てねえ」

火消し姿の手下一人が背を向けた。

「こら、逃げるな」

小次郎が止めたが、どうにもならなかった。金で雇われた者の弱さが表れた。

「勘弁してくれ」

得物を捨てて、一人、二人と一太郎の手下が逃げ出した。

「てめえら、ただですむと思うなよ」

逃げていく手下へ弥一がすごんだ。

「生きていたら、一太郎へ言いつけるんだな」

仁吉がよそ見をした弥一の腹へ匕首を滑りこませた。

「こ、こいつっ」

唖然とした顔を弥一がした。

「地獄へ落ちろ」

匕首をひねりながら、仁吉が吐き捨てた。

「ひいっ」

根津から付いて来ていた連中が、これで崩壊した。

「逃がすな。二度と浅草へ足を踏み入れられない身体にしてやれ」

冷酷な声で天満屋孝吉が告げた。

「おう」

配下たちが唱和した。

「くそっ」

見切りを付けた小次郎が離脱した。

「佐助」

「へい」

天満屋孝吉の言葉に、佐助が後を尾けた。

ちらと横目で見た扇太郎は、残党の片付けに戻った。

「命乞いをして助かると思っているんじゃないだろうな」

背中で天満屋孝吉が怒っていた。

「すまねえ」

「ひいいい」

泣くような顔で一太郎の手下たちが、許しを請うた。

「江戸の顔役が決してやってはいけないことがある。それは、己の縄張りを傷つけさせること。縄張りの住人からもらう金で、顔役は生きているんだ」

天満屋孝吉の言葉がますます凍り付いていった。

「投げ込み寺で、死んだ遊女でも抱くがいい」

躊躇なく天満屋孝吉が太刀を振った。

「終わったか」

四半刻《しはんとき》（約三十分）もかからず、一太郎の手下たちは壊滅した。

「助かりましてございまする」

返り血を浴びた姿で、天満屋孝吉が深々と頭を下げた。

「ああ」

扇太郎はうなずいた。

「これは一度打ち直さないとだめだな」

ため息をつきながら、扇太郎は正宗を見た。

「よくもちました。さすがは千両もの」

天満屋孝吉も感心した。

「佐助を待つ間に、新しい太刀をご覧いただきましょう」

店のほうへ、天満屋孝吉が案内した。

「内蔵《うちぐら》にいくつか、太刀がありましたので、お好みのものを差しあげましょう」

天満屋孝吉が数本の太刀を差し出した。

「抜かせてもらうぞ」

断ってから扇太郎は、太刀を鞘から出した。

「ふむ。どれもなかなかのものだな」

一度鞘へ戻して、扇太郎は柄《つか》を握って、何度か抜き撃ってみた。

「これはだめだ。拵《こしら》えが緩んでいる」

一本を扇太郎ははずした。

「これだな」

残りのなかから扇太郎は選んだ。

「銘など確認せずともよろしいので」

「斬れればいい。飾りにするか、金にするなら名のとおったものがいい。しかし、これからまた使うのだ。斬れなければ意味があるまい。頑丈でなければ、命を預けられまい」

扇太郎は述べた。

「もらうぞ」

扇太郎は、正宗の代わりに腰に差した。

「これはお預かりして、修繕に出しまする」

正宗を天満屋孝吉が引き取った。

「少し腹が減った。湯漬けを馳走してくれ」

「よろしゅうございますとも。おい」

「へい」

言われた仁吉が台所へ走っていった。

「三日で品川を潰してみせまするが」

二人きりになったところで天満屋孝吉が言った。一太郎を殺す価値はないと天満屋孝吉が告げていた。

「いいや、蛇の頭は潰しておかねば、いつ嚙みつくかわからぬ」

扇太郎は首を振った。

「縄張りを失った顔役は、もうなんの力も持ちません」

「あいつがただの顔役ならばな」

「まさか御上から殺せと……やはりあいつは……」

天満屋孝吉の顔色が変わった。

「真実かどうかなど、拙者は知らぬ。ただ、一太郎はつごうが悪いらしい」

「…………」

「お待たせを……」

湯漬けを持ってきた仁吉が、二人の雰囲気の重さに息をのんだ。

「もらおう」

手を伸ばして扇太郎は、湯漬けの碗を取った。

「馳走であった」

すばやく流しこんで扇太郎は立ちあがった。

「店の外で佐助を待つ」

「お奉行さま……」

「屋敷の居室、その違い棚の奥に手文庫がある。拙者が戻らなかったら、そこにある金を朱鷺に渡してやってくれ」

気遣う天満屋孝吉へ扇太郎が頼んだ。

待つほどもなく佐助が戻ってきた。

「ご苦労であったな」

扇太郎は礼を述べて、歩き出した。

「水野美濃守さまのもとか」

佐助の言った一太郎の居場所は、水野美濃守の屋敷であった。

「一太郎も愚かだな」

小さく扇太郎は嘆息した。

「権力を持つ者は、己の利になると思えば、恩を押しつける。そうでないとわかった途端、すべてを剝ぎ取る」

鳥居耀蔵、水野越前守、己を走狗にした二人の顔を扇太郎は思い浮かべた。

「策の失敗は、すでに知れているだろう。となれば、そろそろ追い出されるはずだ」

扇太郎は屋敷の門が見えるところで待った。

どれほど待ったのか、東の空が白み始めたころ、音もなく屋敷の潜りが開いた。

「二人か。一太郎とさっき逃げた手下だな」

ゆっくりと扇太郎は、二人へ近づいていった。

「まったく情けないことだ」

一太郎がぼやいた。

「申しわけございやせん」

小次郎が詫びた。

「しかたない。今は再起をはかるときだ。すんだことを悔やんでも意味はない」

「悔やんでもらわないと、浮かばれない者がたくさんいるぞ」

扇太郎は声をかけた。

「闕所物奉行か」

振り返った一太郎が、表情をゆがめた。

「吾に手をかければ、水野美濃守さまが黙っておられないぞ」

「虚勢を張るな。庇護を受けられるならば、こんな早朝に、手下と二人で屋敷を追い出されるはずもないだろう」

太刀を扇太郎は抜いた。

「どさんぴんが」

道中差を手に、小次郎がかかってきた。

「…………」

すれ違いざまに扇太郎が袈裟《けさ》懸《が》けにした。

「……かはっ」

口から血を吐いて小次郎が絶息した。

「最後まで妨害してくれる」

憎らしそうに、一太郎が扇太郎を睨んだ。

「それはお互いさまだろう。拙者は、ただ毎日を無事に過ごしたかっただけなのだ」

扇太郎は話しながら近づいていった。

「と言いながら、結局は権力者の狗《いぬ》をやっていると」

「狗でいいのさ。権に近づき、龍となろうとする者よりな。身のほどを知っているだけましよ」

「権を欲しがって悪いのか」

一太郎が訊いた。

「そんなもの、何に使うのだ」

「金、女、なんでも思いどおりにできるぞ」

下卑た笑いを一太郎が浮かべた。

「金があっても遣えなければ意味がない。何人もの女の面倒を見るなど想像しただけでもぞっとする」

扇太郎は首を振った。

「喰う米と酔うだけの酒があり、隣に好きな女がいれば、それ以上なにを望む」

「人のうえに君臨したいと思わないのか」

一太郎が唖然とした顔をした。

「人の上に立つというのは、そいつらの人生に責任を持つということだ。江戸だけで百万の人がいる。そんなたくさんの人のことなど、考えていられるか。重くて潰れてしまうわ」

あきれながら、扇太郎が足を止めた。一太郎との間合いは三間になっていた。

「もっとたくさんの禄が欲しくはないのか」

「禄が増えれば、家臣を抱えねばならぬ。抱えた家臣は、拙者の代だけでなく、孫子まで雇い続けねばならぬ。子孫にそんな責を押しつけてどうする」

「志の貧しい奴め」

「男は、己と妻と子だけ背負えば十分だ。それで世のなかは続いていく」

「ならば、そのすべてがおらぬおまえは、いなくてもよいということだな」

言い放った一太郎が懐から短筒《たんづつ》を出した。

「火縄に火が付いていないぞ」

扇太郎が注意した。

「あいにくだったな。これは南蛮渡りの新式でな。火打ち石を使っている。火縄は要らないのだよ」

勝ち誇った笑いを一太郎が浮かべた。

「吾にはまだ帰る場所がある。今回はしくじったが、もう一度力を蓄えればいいだけのこと。その用意はもうできている」

一太郎が銃口を扇太郎へ向けた。

「本来ならば八代将軍の嫡男として、将軍を継いだであろう高祖父を、つごうだけで幕府は偽者《にせもの》との汚名を着せて殺した。その無念さ、恨み、おまえにはわかるまい」

「そうか」

扇太郎は気づいた。一太郎は、その恨みだけで生きていた。

「闇に葬られた血筋ならば、江戸の夜を支配するべきだと思わぬか。表は弟の系統に譲ったのだからな」

「支配される側の意見は聞かないのか」

「不要であろう。支配される側は、なにも考えずとも良いのだ。ただ言うことさえ聞いていればいい。おまえのようにな」

「禄をもらっているのだ、命には従う。では、おまえは江戸の民になにを与えられる」

「……………」

　一太郎が詰まった。

「なにも与えられまい。君臨するだけ、搾取するだけの者に誰が従うものか。なぜ武士が四民の上として尊敬されているか考えてみろ。武士は己を律し、いざというとき領民を守るために命を捨てる。なにより、己のしたことに責任を持つ。いつでも腹切られるからこそ、我らは両刀を差すのを許されている。偉そうにするだけで、いっさいの責任から逃げる者など、誰が認めるものか」

「黙れ。吾にもその覚悟はある」

　怒鳴るように一太郎が言い返した。

「ならば、なぜ策破れた今、逃げようとしている。おまえの策で死んでいった庶民、手下たちへのつぐないはどうするのだ」

　一歩扇太郎は前へ出た。

「吾が闇を支配する。それが最大の供養だ。そのために死んだのだからな。ならばこそ、吾は生きて再起せねばならぬ」

「責めを負わず、上に立つ者の論を言うか。百年早いわ」

扇太郎は話を打ち切った。

「動くな」

一太郎が扇太郎を短筒で制した。

「ここでおまえを殺せる。それだけで、この策は失敗ではない」

引き金を一太郎が落とした。

火花が火口《ほくち》を照らし、銃口から轟音《ごうおん》とともに白煙が出た。

「えっ……」

一太郎の胸から太刀の柄が生えていた。

引き金が落とされる瞬間、扇太郎は下段から掬うような動きで、太刀を投げていた。

「鉄砲というのは、手の届かないところから敵を倒す道具だ。まして、どこを狙い撃つとわかっていれば避けることは難しくない。一足一刀の間合いに入られれば、不利だと気づかなかったおまえの負けだ」

扇太郎が説明しながら、太刀を引き抜いた。

「痛いものだな」

左肩を扇太郎は押さえた。太刀を胸に喰らったことでのけぞった一太郎の一撃は、かわそうと動いた扇太郎の左肩を抉《えぐ》っていた。

「おめえにとって夢の代償は命だった。なら、吾が平穏のために差し出したのはなんなのだろうな」

呟いて扇太郎は、背を向けた。

終章

「この度の騒動、ただの火事として片付けよ。これは上様もご承知おきのことである」

ようやく江戸の町が落ち着いた三日後、水野越前守忠邦は奥右筆《おくゆうひつ》に対して命じた。

奥右筆は幕府すべての書付を取り扱う。奥右筆の筆が入ったものは、幕府公式の文書として発布され、保管された。

十二代将軍家慶と老中筆頭の決定に、否やを言える者などいない。

こうして一太郎の起こした騒動は、ただの火事として真相は闇へと葬られることとなった。

「品川の廻船問屋紀州屋一太郎を下手人とする。しかしながら、すでにその身は死亡しているよしをもって、店のみを闕所《けっしょ》とする」

品川代官より、紀州屋闕所の通知が出された。

「紀州屋の闕所をおこなうように」

代官支配地の闕所は、闕所物奉行ではなく、所管の代官が代行する慣例であった。その慣例を無視して、扇太郎へ水野越前守が命を出した。

「闕所物奉行を辞めさせていただく件は……」

「一太郎の事情を、他の者へ報せるつもりか」

水野越前守が叱った。

「……では、闕所は……」

扇太郎は管轄外まで行かされる意味を理解した。

「家作を破壊してても構わぬ。なんとしても八代吉宗さまの書付と短刀を探し出し、密かに処分いたせ」

小さな声で水野越前守が告げた。

「では、この一件で」

「書付と短刀さえ見つかれば、闕所物奉行から勘定方でも、大番組でも移してやるわ」

「承知いたしました」

うなずいた扇太郎は、事情を知っている天満屋孝吉を連れて品川へ乗りこんだ。

「拙者は外で」

紀州屋の店を見張っていた代官所の手代は、かかわり合いになりたくないと同行を拒んだ。

「よほど飛び火が嫌なのでございますな」

天満屋孝吉が苦笑した。

「役人だからな。お家大事、お役目大事。金の切れ目が縁の切れ目よ」

扇太郎も苦い顔をした。

「では、任せた。越前守さまからどのようにしてもいいとのお墨付きをもらっている。天満屋のいいようにしてくれ」

「競売にかけなくてもいいと」

「いくつかは出してくれよ。勘定方がうるさいからな」

「心得ておりまするが、狂い犬には痛い思いをさせられましたからな。そのぶんはきっちり回収させていただきまする。おい」

連れてきた配下たちに、天満屋孝吉が合図をした。

「床下、天井裏、台所の竈《かまど》の灰のなかまで見逃すんじゃないよ」

「へい」

配下たちが散っていった。

「ございませんねえ」

一日を費やしても、扇太郎の目的は果たされなかった。

「ないか」

扇太郎は嘆息した。

「しかたない。そちらはどうだった」

成果はあったかと扇太郎は訊いた。

「まあまあというところでございますかね。一太郎がやっていた遊女屋の妓たちも手に入れましたから……ざっと二千両近くは」

「大きいな」

「半分は隠させていただきますよ」

「ああ。それでも千両か。勘定方も文句は言うまい」

扇太郎はほっとした。

「では、後のことは頼んだ。拙者は越前守さまへ報告してくる」

「お任せを」

天満屋孝吉に見送られて、扇太郎は品川にも近い三田札の辻の水野家中屋敷へと向かった。

「お帰りなさいませ」

井上兵部の長屋へ顔を出した扇太郎を朱鷺が出迎えた。

「今戻った」

「……ご無事で」

朱鷺が抱きついた。

「つっ」

治りきっていない左肩の痛みに、扇太郎が小さく呻《うめ》いた。

「またお怪我を」

さっと朱鷺の顔色が変わった。

「生きていたのだ。怪我くらいどうということはない」

「馬鹿……」

扇太郎を朱鷺が見上げた。

「もうすべてすんだ」

「本当」

「ああ」

強く扇太郎はうなずいた。

「帰れる」

朱鷺が問うた。

「祝言がすんでからじゃ」

奥から出て来た井上兵部があきれた口調で言った。

「これは」

とり乱した扇太郎が朱鷺を離した。

「…………」

不満そうに朱鷺が、扇太郎を睨んだ。

「殿のお供でござる。さあ、榊どの。お待ちでござる」

「ただちに」

扇太郎が首肯した。

「そのような顔をするでない。はしたないぞ」

朱鷺を井上兵部がたしなめた。

「今宵はお泊まりいただくゆえ、その用意をいたしておけ」

「はい」

うれしそうに朱鷺がほほえんだ。

「なかっただと」

報告に水野越前守が頰をゆがめた。

「はい」

「闕所物奉行の手際は、どのような隠し財産も暴くと聞いている。となれば、品川にはないのか」

水野越前守が目を閉じた。

「たしか紀州屋は和歌山が本店であったな」

「さすがに紀州までは参れませぬ」

扇太郎は先手を打った。

「わかっておる。和歌山は御三家紀州徳川家の領地じゃ。幕府が直接手出しするわけにはいかぬ」

絶大な権力を誇る老中とはいえ、遠慮しなければならない相手はあった。一つは大奥、そして御三家であった。とくに紀州家は、八代将軍を出した功績もあり、老中といえども気を遣わなければならない相手であった。

「上知令に賛してもらわねばならぬ」

「……上知令とはなんでございましょう」

度々出てくる言葉に、扇太郎は興味を持った。

「知っておいても良かろう。上知令とは、江戸大坂長崎など海防の要地、交通の要所付近にある大名領、旗本領を召し上げ、代わりに同程度の土地を別の場所で与えることだ。これにより、要地周辺を天領《てんりょう》で固められ、海防もしやすくなる。なにより、あちこちに飛んでいる天領をまとめることで、年貢などをまとめて徴収でき、手間が省ける」

「……無茶な」

聞いた扇太郎は驚愕した。

石高の変遷はないにしても、便利なところから僻地《へきち》へ移されるのだ。対象となる大名や旗本はたまったものではない。

「幕府のためじゃ」

水野越前守が断じた。

「…………」

扇太郎は黙った。

「下がってよいぞ」

「越前守さま。闕所物奉行を辞めさせていただくお話は……」

用はすんだと言う水野越前守へ、扇太郎は願った。

「ならぬ。天一坊《てんいちぼう》の遺品が入っていれば、聞いてやれた。しかし、まだ見つからぬのだ」

水野越前守が拒んだ。

「八代吉宗さまの不始末の証《あかし》。幕府にとってこれほどの闇はない。この闇を探し出すことのできるのは、江戸の闇を知るそなたしかおらぬ」

「ご無体な」

扇太郎は抗じた。

「ものがものぞ。表へ出てくることはあるまい。だからといって見逃してもおれぬ。吉宗さまの遺品は、江戸にあってこそ意味がある。今は紀州へ秘されていようとも、いずれ江戸へ出てくるだろう。そのとき、幕府は遠慮なく一太郎の血筋を潰す。そのおり、事情を知らぬ者が闕所物奉行であったらどうする。お品が競売などにかかっては大事じゃ。それを防ぐには、そなたが闕所物奉行でなければならぬ」

「…………」

力なく扇太郎は肩を落とした。

「加増はしてやる。四十俵くれてやる」

「……かたじけのうございまする」

覇気《はき》のない声で扇太郎は礼を述べた。

「もう一つ。鳥居耀蔵には、そなたとのかかわりを断たせた。もう、呼び出されても従わずともよい」

「ありがたく」

扇太郎はほっとした。

「来月には祝言であろう。少し休むがいい」

もう話すことはないと水野越前守が、仕事の書付へ目を落とした。

「失礼いたしまする」

平伏して扇太郎は、水野越前守の前を去った。

「いるとしたところで拙者が生きている間に、一太郎の子供が江戸へ出てくるだけの力を蓄えるとは思えぬ。鳥居耀蔵の支配も抜けた。もう騒動に巻きこまれることもないだろう。なにより禄も増えた。よしとするか」

扇太郎は朱鷺の待つ井上家へと歩を進めた。


危機を乗りこえた水野越前守忠邦は、政敵の始末をおこなった。

まず、林肥後守忠英が、差し控えの上家屋敷召し上げ、隠居を命じられた。続いて南町奉行矢部駿河守定謙がご政道への誹謗を申し立て不埒《ふらち》であると罷免され、桑名藩へ永の預けとなった。翌天保十三年（一八四二）六月、最後まで抵抗していた水野美濃守忠篤にも引導が渡された。評定所まで呼び出された水野美濃守は、幕府への不敬甚《はなは》だしいとの理由で隠居蟄居《ちっきょ》の後、諏訪因幡守《すわいなばのかみ》へお預け、嫡男は封を半減された後、小普請入り、さらに幕臣にとって島流しと怖れられた甲府勝手《こうふかって》を命じられた。

こうして確実に権力の足下を固めた水野越前守であったが、無理な改革を推し進めすぎた結果、己も権力の座を落ちることとなった。上知令の影響を受ける大名旗本と厳しい倹約令に耐えかねた庶民たちが猛反発した。そこに水野越前守の引きたてで矢部駿河守の後任の南町奉行に就任していた鳥居耀蔵改甲斐守忠輝《かいのかみただてる》の寝返りが止めを刺した。上知令の機密を政敵土井大炊頭利位《どいおおいのかみとしつら》へ渡したのである。

こうして天保十四年閏九月、水野越前守は老中を罷免された。

水野越前守を売ることで生き延びた鳥居甲斐守であったが、半年後土井大炊頭利位の失脚でふたたび水野越前守が老中へ返り咲くとすぐに報復を受けた。職務怠慢の廉《かど》で、町奉行を罷免されたうえ、讃岐丸亀藩《さぬきまるがめ》へ永のお預けとなった。鳥居家は改易となり、その家財は闕所となった。

復権したとはいえ、反発は根強く、ふたたび水野越前守は一年と少しで政の舞台から降ろされた。

扇太郎は水野越前守一度目の失脚のおりに闕所物奉行を辞し、小普請に戻った。余りに小者すぎたことが幸いして、加増分も削られずにすんだ。

やがてときは過ぎ、慶応三年（一八六七）徳川幕府は大政を奉還、二百六十年以上続いた幕藩体制は崩壊した。

「だから言わぬことではない」

明治新政府による恩赦で江戸へ戻った鳥居忠輝は、すっかり変わってしまった江戸の様子に嘆息した。

「南蛮とつきあうな。あれほど儂が忠告したにもかかわらず、開国などするから、幕府は滅びた。あのまま儂を町奉行にしておけば、このようなことにはならなかったものを。儂さえ江戸におればこのような羽目にはならなかったものを」

不意に訪ねてきた鳥居忠輝が、扇太郎に言い放った。

「…………」

嘯《うそぶ》く鳥居忠輝の目に涙が浮かぶのを見た扇太郎は、ただ沈黙するしかなかった。

了

あとがき

「闕所物奉行 裏帳合」最終巻『奉行始末』をお届けします。

第一巻『御免状始末』を出させていただいたのは、今から三年前の二〇〇九年、ちょうど長年日本を支配し続けてきた保守政党が、国民の権利によって与党の座を滑り降りた年でした。

あれから三年が経ちました。

この間、日本を取り巻く環境は大きく変化しました。国民総生産は落ち続け、不景気の暗雲は一向に晴れる様子もありません。政治体制の変化は目に見えず、なんとかしてくれと願って投票した一票の値打ちは、下がるばかりです。

もちろん与党野党にかかわらず、政治家の皆さんが身命を賭して働いてくださっているのは確かです。それでも、国民の生活に好転の兆しは見られません。

政治とは国家百年の大計である。三年やそこらで結果を出すものではないと言われるお方もおられましょう。そうかも知れません。しかし、今、私たち国民は苦汁を舐めているのです。明るい未来こそ必要なのも理解しています。でも、明日に希望がなければ、人は前へ進めません。

資料などを繙《ひもと》いていると、現在の状況は幕末によく似ていると感じます。

既存の価値観の崩壊、富の偏り、新たな外圧。

過去の日本人は、内戦を起こしてまで変化を求めました。血で血を洗った明治維新は、外国の介入を招くことなく、国を変えました。しかし、その結果、日本は軍事国家への道を歩んでしまったのです。

そして、過去の大戦で、私たちは戦争の愚かさを身をもって知らされました。

では、第二の維新をおこなうべき、平成の日本人はどのような選択をするのでしょうか。このまま亡国の坂道を転がっていくのか、爪を地に食いこませても這《は》い上がっていくのか。結果はそう遠くない先に出るでしょう。いや、出さなければならなくなるはずです。

国家の舵《かじ》取りを任された政治家の皆さんには、いっそうの奮起をお願いします。

さて、物語は当初の予定どおり、鳥居耀蔵が町奉行になるところで終えました。

時代劇ファンの皆さまにとっておなじみの町奉行と違い、闕所物奉行はあまり知られていません。現在の行政に同じような役もなく、江戸時代独特のものでした。

罪の重さに応じて財産を取りあげる。現代にもし復活させるとなれば、たちまち大反対が起こるでしょう。財産権の侵害、いえ、個人の人権の侵害ですから。

専制君主制であればこそ存在できたのが闕所であり、その差配をした闕所物奉行なのです。それだけに悲喜こもごもの裏側があったと考え、闕所物奉行を主人公とした物語を紡いできました。

木っ端役人でしかなく、上役の走狗にされた榊扇太郎、時代の流れに取り残された武家の悲哀を一身に受けた旗本の娘朱鷺。主人公とヒロインは、決して、正義の味方ではありません。守ってくれる者さえない、今を生きるのに精一杯の弱者です。その二人に、天満屋孝吉、品川の一太郎、鳥居耀蔵、水野越前守忠邦らが絡む。

皆、腹に一物を持ち、己の理想を実現するためならば、どのような手段を遣うことも厭わない強者です。

強き者の思惑が、扇太郎を圧し、過去の辛苦が朱鷺を追い詰める。一人ではなく二人であることを選ぶことで、扇太郎と朱鷺は変わっていく。

流されるだけだった扇太郎が、朱鷺という伴侶を得て、浮かぼうと足掻き、女としての、旗本の娘としての尊厳を奪われ、生きているだけだった朱鷺が扇太郎と離れまいとして、前へ進み始める。この闕所物奉行裏帳合は、男女二人の成長譚でありました。

とても私ごときの筆では十分に描けていないことは承知しております。ただ、少しでもお読みいただき、楽しんでいただけたならば、作者冥利に尽きます。

六巻という長きにわたり、ご愛読いただいたことに御礼申しあげます。

扇太郎と朱鷺の物語はこれで幕を引かせていただきます。

読者の皆様方のご健康とご発展を心よりお祈りいたしております。

ありがとうございました。

また新しい作品でお目にかかれる日を楽しみにしております。

平成二十四年一月十八日

上田秀人　拝

解説

坂井希久子

上田秀人先生、と私がお呼びするのはなにも、作家先生という意味だけではない。渋谷《しぶや》に拠点を構える小説教室、山村正夫《やまむらまさお》記念小説講座の大先輩だからである。

なんじゃそれは、と思われた方のために、軽く説明をつけ加えさせていただこう。本教室はプロ作家を目指す者に門戸を開いており、一九九九年に山村正夫先生が逝去されてからは、盟友であった森村誠一《もりむらせいいち》先生が塾長を引き継いでおられる。

出身作家は上田先生のみならず、新津《にいつ》きよみ先生、篠田節子《しのだせつこ》先生、鈴木輝一郎《すずききいちろう》先生と、錚々《そうそう》たる顔ぶれである。真面目《まじめ》に列記してゆくと作家名だけでかなりの行数を要するので、興味を持たれた方は検索窓に「山村正夫記念小説講座」と入れてみていただきたい。

私が教室の門を叩いたのは、二〇〇五年のことだった。一九九七年にデビューなさった上田先生はすでに人気作家であり、年に一、二度ゲスト講師として後進の指導にあたっておられた。教わったことは数多く、ゆえに上田秀人「先生」なのである。

はじめのころ、私は上田先生が怖かった。授業は教室生があらかじめ提出している作品の講評という形で進められる。当然酷評されれば生徒は落ち込むので、言い回しには気を遣うところだが、上田先生はご自身の作中の剣戟《けんげき》のごとく、強い大阪弁でバサリバサリと斬ってゆく。

あとに残されるのは死屍累々《ししるいるい》。あちこちから亡者《もうじゃ》のすすり泣きが聞こえてくる。そのまま生き返れずに辞めてしまった方もいたようだが、その程度のメンタルではプロとしてやってゆくのは難しかろう。さぁどうだ、這《は》い上がってこいと、覚悟を試されているような気持ちになった。

ちなみに私は当時まだ二十代のオネエチャンだったので、他の男性講師は少しばかり鼻の下を伸ばしてくださったのだが、上田先生には通じない。鋭い目で太刀《たち》を青眼《せいがん》に構え、正面から袈裟《けさ》懸《が》けに斬られてしまった。

入校一年目の私の提出作品に対する上田先生の評は、忘れもしない「話の筋がありきたり」であった。自分では情緒のあるいい話だと思っていたのだが、身も蓋もない。エンターテインメント小説としては致命的な欠陥ではないか。

それからしばらくは「ありきたり」でない話を作ろうと、暗中模索《あんちゅうもさく》がはじまった。トイレの落書きを主人公にしてみたり、木から猫が生えてきたりと、思えばずいぶん迷走したものである。

そのうちにどうにかして得た結論は、設定と人物造形がよければ話はあとからついてくる、というものだった。たまに凡庸な設定でも面白いものを書いてしまう人もいるが、それはもはや才能である。

さてその結論で以て上田作品を見てみると、設定の段階でとにかく面白い。

将軍の身体に唯一、刃物を当てることが許された「お髷番《まげばん》」の活躍を描く『お髷番承り候』シリーズ、後継問題の解決には欠かせぬ「妾屋《めかけや》」がお家騒動に巻き込まれてゆく『妾屋昼兵衛《ちゅうべえ》女帳面《おんなちょうめん》』シリーズ、加賀《かが》百万石の若き江戸留守居《るすい》役（ただし藩内では外様中の外様）が奮闘する『百万石の留守居役』シリーズ――。

それこそ真面目に列記してゆくと数ページが埋まってしまうほど多作の著者なので、ほどほどにしておかねばならないが、設定を聞いただけでも「読みたい！」と身悶《みもだ》えしてしまうほどだ。

そして本作、『闕所物奉行　裏帳合』シリーズである。

この新装版ではじめて本シリーズに触れられた方は、『闕所物奉行』という耳慣れぬ役職に驚かれたのではないだろうか。恥ずかしながら、私もそうである。

御奉行様といえば雲の上のエラい人、時代劇ではそう描かれているし、イメージも定着している。なのにまさか、これほどエラくない奉行がいたとは！

闕所物奉行榊扇太郎《さかきせんたろう》は、八十俵三人扶持。お目見え以下の御家人である。仕事内容は闕所となった財産の売却処分。仕事の相棒である天満屋孝吉《てんまやこうきち》は利に聡《さと》く、扇太郎を引き上げた目付《めつけ》、鳥居耀蔵《とりいようぞう》は己の理想のみに燃える堅物だ。

さらに紅一点、旗本の娘ながら岡場所に売られていた朱鷺《とき》がしっかりと脇を固め、「どや、これでオモロならんわけないやろ？」とほくそ笑む上田先生のお顔が見えるようである。

面白かった。六巻、一気に駆け抜けた。

心情描写がほとんどなく、テンポよく読まされるのに、それぞれの心の動きがしっかりと摑めているのは人物造形の妙である。

上田作品にはたとえばツンデレとかヤンギレとか、ひと言で説明できる人物は出てこない。主人公の扇太郎は、出世欲はないが先祖代々の禄は守るべきものと思っている。剣の腕が立ち、それなりに融通も利くが、天満屋孝吉からは世間知らずだの初心《うぶ》だのとからかわれる始末。だがそこが魅力となっており、吉原《よしわら》の惣名主《そうなぬし》からの信頼を勝ち得ている。

扇太郎だけではない。全ての登場人物が、実に多面的なのである。

中でも私は目付の鳥居耀蔵が嫌いで好きだ。

変な日本語になってしまった。人物としては嫌いで、その存在感は好きなのだ。

彼は物語上の悪役だが、彼自身は悪ではない。それは使い潰されそうになった扇太郎も認めるところ。私利私欲の人ではなく、町奉行の座を狙っているのもあくまで幕藩体制を守るため。根本のところは純粋なのである。

それゆえどれだけ扇太郎に理不尽を課したとしても、読者は憎みきることができない。己の保身にのみ汲々としている水野美濃守《みずのみののかみ》や土井大炊頭《どいおおいのかみ》に比べたら、よっぽど好人物だ。ただ、人の意見にまったく耳を傾けないのがいけない。

よくぞそこまで、自分自身に疑問を持たずにいられるもの。扇太郎と朱鷺が成長し、激動の幕末を経て幕府が倒れ、明治の世に改まっても、鳥居耀蔵だけは変わらない。そのラストシーンは読後にずしりと響いてくる。

読者の中にはおそらく、別の形のラストシーンを期待された方もおられよう。だが、私はこの終わりかたが非常に好きだ。事あるごとに扇太郎を呼び出し、邪険に扱っていたあの鳥居が、意外な登場の仕方をするのである。

ああ、なんという存在感。鳥居耀蔵、好きだ。でも嫌いだ（ややこしい）。

このような人物像を作り上げてしまうのだから、私なぞは逆立ちしても敵わない。上田作品を読むたび今も、かつて斬られた古傷が傷むのである。

それでも、どうにかプロとしてデビューし、これまたどうにか生き残っているのだが、もう上田先生にお会いするのが怖くないのかというと、実はまだ怖い。

というのも遅筆で締め切りに遅れがちな私の顔を見るたび、先生はにこやかに笑いながら「原稿、間に合わんかったんやって？」と詰めてこられるからである。笑顔ではあるが、目の奥が笑っていない。これは怖い。編集者の催促より数百倍は怖い。

なので近ごろは「坂井さんの原稿、遅れてるんですよねぇ」と、上田先生に告げ口をする編集者もいるほどだ。先生もお忙しいのだから、そういう恐ろしいことは本当にやめていただきたい。

とはいえできの悪い後輩に発破《はっぱ》をかけるのも、上田先生の優しさだと知っている。以前私が初の時代小説のあとがきをお願いしたときにも、「筆が遅い」としっかり書かれてしまったが、なによりの激励だと受け止めている。

ただ私の筆が遅いのは確かだが、上田先生は逆に筆が速すぎる。二〇一六年の四月には、「上田秀人先生　著作百冊突破を祝う会」なるパーティーが開かれた。一九九七年にデビューなさり、最初の本が出たのが二〇〇一年。わずか十五年でその偉業を成し遂げたことになる。しかもそのうちの十三年くらいは歯科医と兼業なさりながら、である。

はっきり言わせていただこう。化け物である。

だが筆が速いということは、それだけ読者をお待たせしないということ。首を長くする暇もなく新刊が手に取れるのだから、ファンの皆様にとっては優しき化け物であろう。

それほどのスピードで書いていてネタ切れはしないのだろうかと、先日ご一緒した機会に遠回しに伺ってみると、なんと作家人生の集大成となるような大作を温めておられるそうである。

これはまだオフレコなのかもしれないから、あんまり広めないでいただきたい。

だがそうと知ってしまうと、早く読みたくてウズウズするのがファン心理というもの。上田秀人ファンも、たまには待つ喜びを味わってもよかろう。

先の楽しみというのは、いくらあってもいいものだ。

二〇一八年　二月　　春の訪れを待ちながら

中公文庫

新装版《しんそうばん》
奉行《ぶぎょう》始末《しまつ》
——闕所物《けっしょもの》奉行《ぶぎょう》 裏帳合《うらちょうあい》 (六《ろく》)

2012年2月25日　初版発行
2018年3月25日　改版発行

著　者　上《うえ》田《だ》 秀《ひで》人《と》

発行者　大橋 善光

発行所　中央公論新社
〒100-8152　東京都千代田区大手町1-7-1
電話　販売 03-5299-1730　編集 03-5299-1890
URL http://www.chuko.co.jp/

DTP　平面惑星
印　刷　三晃印刷
製　本　小泉製本

Published by CHUOKORON-SHINSHA, INC.
Printed in Japan　ISBN978-4-12-206561-1 C1193

中公文庫既刊より

各書目の下段の数字はＩＳＢＮコードです。978－4－12が省略してあります。

う-28-8
新装版 御免状始末 闕所物奉行 裏帳合㈠
上田 秀人
遊郭打ち壊し事件を発端に水戸藩の思惑と幕府の陰謀が渦巻く中を、著者史上最もダークな主人公・榊扇太郎が剣を振るい、謎を解く！ 待望の新装版。
206438-6

う-28-9
新装版 蛮社始末 闕所物奉行 裏帳合㈡
上田 秀人
榊扇太郎は闕所となった蘭方医、高野長英の屋敷から、倒幕計画を示す書付を発見する。鳥居耀蔵の陰謀と幕府の思惑の狭間で真相究明に乗り出すが……。
206461-4

う-28-10
新装版 赤猫始末 闕所物奉行 裏帳合㈢
上田 秀人
武家屋敷連続焼失事件を検分した扇太郎は改易された出火元の隠し財産に驚愕。闕所の処分に大目付が介入、大御所死後を見据えた権力争いに巻き込まれる。
206486-7

う-28-11
新装版 旗本始末 闕所物奉行 裏帳合㈣
上田 秀人
失踪した旗本の行方を追う扇太郎は借金の形に娘を売る旗本が増えていることを知る。人身売買禁止を逆手にとり吉原乗っ取りを企む勢力との戦いが始まる。
206491-1

う-28-12
新装版 娘始末 闕所物奉行 裏帳合㈤
上田 秀人
借金の形に売られた旗本の娘が自害。扇太郎の預かりの身となった元遊女の朱鷺にも魔の手がのびる。江戸闇社会の掌握を狙う一太郎との対決も山場に！
206509-3

う-28-7
孤闘 立花宗茂
上田 秀人
武勇に誉れ高く乱世に義を貫いた最後の戦国武将の風雲録。島津を撃退、秀吉下での朝鮮従軍、さらに家康との対決！ 中山義秀文学賞受賞作。〈解説〉縄田一男
205718-0

す-25-27
手習重兵衛 闇討ち斬 新装版
鈴木 英治
江戸白金で行き倒れとなった重兵衛は、手習師匠・宗太夫に助けられ居候となったが……。凄腕で男前の快男児が謎を斬る時代小説シリーズ第一弾。
206312-9

す-25-28
手習重兵衛 梵鐘 新装版
鈴木英治
手習子のお美代が消えた⁉ 行方を捜す重兵衛だったが……（「梵鐘」より）。趣向を凝らした四篇の連作が織りなす、人気シリーズ第二弾。
206331-0

す-25-29
手習重兵衛 暁闇 新装版
鈴木英治
旅姿の侍が内藤新宿で殺された。同心の河上が探索を進めると、重兵衛の住む白金村へ向かう途中だったらしいと分かったが……。人気シリーズ第三弾。
206359-4

す-25-30
手習重兵衛 刃《やいば》舞《まい》 新装版
鈴木英治
親友と弟の仇である妖剣の遣い手・遠藤恒之助を倒すため、新たな師のもとで〈人斬りの剣〉の稽古に励む重兵衛だったが……。人気シリーズ第四弾。
206394-5

す-25-31
手習重兵衛 道中霧 新装版
鈴木英治
親友殺しの嫌疑が晴れ、久方ぶりに故郷の諏訪へ帰れることとなった重兵衛。母との再会に胸高鳴らせる彼を、妖剣使いの仇敵・遠藤恒之助と忍びたちが追う。
206417-1

す-25-32
手習重兵衛 天狗変 新装版
鈴木英治
重兵衛を悩ませる諏訪忍びの背後には、三十年ごしの因縁が——家中を揺るがす事態に、重兵衛、左馬助、惣三郎らが立ち向かう。人気シリーズ、第一部完結。
206439-3

な-65-1
うつけの采配（上）
中路啓太
関ヶ原の合戦前夜——。誰もが己の利を求める中、ただ一人、毛利百二十万石の存続のため奔走した男・吉川広家の苦悩と葛藤を描いた傑作歴史小説！
206019-7

な-65-2
うつけの采配（下）
中路啓太
小早川隆景の遺言とは正反対に、安国寺恵瓊の主導により天下取りを狙い始めた毛利本家。はたして吉川広家は家を守り抜くことができるのか？〈解説〉本郷和人
206020-3

な-65-3
獅子は死せず（上）
中路啓太
加藤清正ら名だたる武将にその武勇を賞賛された武将・毛利勝永。関ヶ原の合戦で西軍についたため、領地没収をされた男が、大坂の陣で最後の戦いに賭ける！
206192-7

各書目の下段の数字はＩＳＢＮコードです。978－4－12が省略してあります。

な-65-4
獅子は死せず（下）
中路啓太
誰より理知的で、かつ自らも抑えきれない生命力を有し、家族や家臣への深い愛情を宿した戦国最後の猛将の生涯。『うつけの采配』の著者によるもう一つの傑作。
206193-4

な-65-6
もののふ莫迦
中路啓太
豊臣に故郷・肥後を踏みにじられた軍人・岡本越後守と、豊臣に忠節を尽くす猛将・加藤清正が、朝鮮の戦場で激突する！「本屋が選ぶ時代小説大賞」受賞作。
206412-6

と-26-26
早雲の軍配者（上）
富樫倫太郎
北条早雲に見出された風間小太郎。軍配者となるべく送り込まれた足利学校では、互いを認め合う友に出会い――。新時代の戦国青春エンターテインメント！
205874-3

と-26-27
早雲の軍配者（下）
富樫倫太郎
互いを認め合う小太郎と勘助、冬之助は、いつか敵味方にわかれて戦おうと誓い合う。扇谷上杉軍へ攻め込む北条軍に同行する小太郎が、戦場で出会うのは――。
205875-0

と-26-28
信玄の軍配者（上）
富樫倫太郎
駿河国で囚われの身となったまま齢四十を超えた山本勘助。焦燥ばかりを募らせていた折、武田信虎による実子暗殺計画に荷担させられることとなり――。
205902-3

と-26-29
信玄の軍配者（下）
富樫倫太郎
武田晴信に仕え始めた山本勘助は、武田軍を常勝軍団へと導いていく。戦場で相見えようと誓い合った友たちとの再会を経て、「あの男」がいよいよ歴史の表舞台へ！
205903-0

と-26-30
謙信の軍配者（上）
富樫倫太郎
越後の竜・長尾景虎のもとで軍配者となった曽我（宇佐美）冬之助。自らを毘沙門天の化身と称する景虎の前で、いま軍配者としての素質が問われる！
205954-2

と-26-31
謙信の軍配者（下）
富樫倫太郎
冬之助は景虎のもと、好敵手・山本勘助率いる武田軍を前に自らの軍配を振るい、見事打ち破ることができるのか⁉「軍配者」シリーズ、ここに完結！
205955-9

と-26-13
堂島物語1 曙光篇
富樫倫太郎
米が銭を生む街・大坂堂島。十六歳と遅れて米問屋へ奉公に入った吉左には「暖簾分けを許され店を持つ」という出世の道は閉ざされていたが――本格時代経済小説の登場。
205519-3

と-26-14
堂島物語2 青雲篇
富樫倫太郎
山代屋へ奉公に上がって二年。丁稚として務める一方、幕府未公認の先物取引「つめかえし」で相場師としての頭角を現しつつある吉左は、両替商の娘・加保に想いを寄せる。
205520-9

と-26-15
堂島物語3 立志篇
富樫倫太郎
念願の米仲買人となった吉左改め吉左衛門は、自分と同じく二十代で無敗の天才米相場師・寒河江屋宗右衛門の存在を知る――『早雲の軍配者』の著者が描く経済時代小説第三弾。
205545-2

と-26-16
堂島物語4 背水篇
富樫倫太郎
「九州で竹の花が咲いた」という奇妙な噂を耳にした吉左衛門は西国へ飛ぶ。やがて訪れる享保の大飢饉をめぐる米相場乱高下は、ビジネスチャンスとなるか、破滅をもたらすか――。
205546-9

と-26-17
堂島物語5 漆黒篇
富樫倫太郎
かつて山代屋で丁稚頭を務めた百助は莫大な借金を抱え、お新と駆け落ちする。米商人となる道を閉ざされ、行商人に身を落とした百助は、やがて酒に溺れるが……。
205599-5

と-26-18
堂島物語6 出世篇
富樫倫太郎
川越屋で奉公を始めることになった百助の息子・万吉は、手代たちから執拗な嫌がらせを受ける。『早雲の軍配者』の著者が描く本格経済時代小説第六弾。
205600-8

と-26-32
闇の獄（上）
富樫倫太郎
盗賊仲間に裏切られて死んだはずの男は、座頭組織の長に拾われて、暗殺者として裏社会に生きることに！『SRO』「軍配者」シリーズの著者によるもう一つの世界。
205963-4

と-26-33
闇の獄（下）
富樫倫太郎
座頭として二重生活を送る男・新之助は、裏社会から足を洗い、愛する女・お袖と添い遂げることができるのか？ 著者渾身の暗黒時代小説、待望の文庫化！
206052-4